故事里的中国印象

福顺只须修来

读者原创版编辑部 ○—— 编

甘肃文化出版社

甘肃·兰州

图书在版编目（CIP）数据

福顺只须修来 / 《读者》（原创版）编辑部编. --
兰州：甘肃文化出版社，2021.7（2024.12重印）
（故事里的中国印象）
ISBN 978-7-5490-2030-0

Ⅰ. ①福… Ⅱ. ①读… Ⅲ. ①纪实文学—作品集—中
国—当代 Ⅳ. ① I25

中国版本图书馆 CIP 数据核字（2020）第 118729 号

福顺只须修来

《读者》（原创版）编辑部 ｜ 编

总 策 划 ｜ 马永强
项目负责 ｜ 王铁军　郧军涛

策划编辑 ｜ 王　飞　郭佳美　常鹏飞
责任编辑 ｜ 党　昀
封面设计 ｜ 马吉庆

出版发行 ｜ 甘肃文化出版社
网　　址 ｜ http：//www.gswenhua.cn
投稿邮箱 ｜ gswenhuapress@163.com
地　　址 ｜ 甘肃省兰州市城关区曹家巷1号 ｜ 730030（邮编）

营销中心 ｜ 贾　莉　　王　俊
电　　话 ｜ 0931-2131306

印　　刷 ｜ 三河市富华印刷包装有限公司
开　　本 ｜ 690毫米 ×980 毫米 1/16
字　　数 ｜ 171 千
印　　张 ｜ 16.75
版　　次 ｜ 2021 年 7 月第 1 版
印　　次 ｜ 2024 年 12 月第 2 次
书　　号 ｜ ISBN 978-7-5490-2030-0
定　　价 ｜ 69.00元

序言

时光不染，岁月流金。跨过历史的长河，我们追寻火红的足迹，穿过岁月的征程，我们拥抱伟大的时代。

时代，既是源自悠久过去、绵延至今的一段历史足迹，亦是以今为初始、朝蓝图进发的持续进程。发祥于黄河流域的中华文化，孜孜不倦，与时同行，已历经千百春秋，在不同的时期坚守，把握时代命脉，留下深刻烙印。

岁月的时光瓶，为我们沉淀成长的记忆，也为我们记录奋斗的足迹。人生只是弹指一挥间，虽然在时间维度上短暂，但我们不要忘了为自己的时代鼓掌。掌声中，时光的镜头已缓缓拉开，曾经的那些记忆随着时光慢慢浮现。

中华人民共和国成立以来，"扎根黄土地，亦取养于土地，食不可缺"的袁隆平埋首农田，躬耕不懈，以亩产破千的杂交水稻解决了有史以来最为棘手的粮食问题，使广大人民更有气力投身社会主义建设；"年过古稀未伏枥，犹向苍穹寄深情"的"牧星人"孙家栋刻苦钻研航天技术，从"东方红一号"到"嫦娥一号"，从"风云气象"到"北斗导航"，60多年来在太空升起数十颗星，以熠熠"北斗"为中华、为世界指引方向；"放眼浩瀚海洋，绘出一道道时代航线"的新青年叶聪将"蛟龙"从图纸化作潜海重器，直下千丈探索深海极限，使中国成为继美、法、俄、日之后第5个掌握大深度载人深潜技术的国家；"用愚公精神创造生命奇迹"的八步沙"六老汉"和他们的后人，先后治理荒漠近40万亩，筑成了一条防风固沙的绿色屏障，让风沙线倒退了15公里，有效地遏制了沙进人退的被动局面，他们凝聚的精神脊梁，撑起了八步沙的一片晴空，书写了一段悲壮、豪迈、可歌可泣的故事……

改革开放以来，中华民族逐渐在时代的激流中站稳脚跟，不惧博弈与竞争，屹立于世界民族之林。这盛世辉煌的背后，是无数英杰才俊、星火青年，将青春、血泪尽数挥洒，以愿景梦想绘制祖国蓝图。他们逆着时代洪流，将崇高的理想、追求融入爱国主义精神，以己身诠释着时代命题，代代传承，至于不朽。甘肃文化出版社与读者传媒期刊中心携手打造的"故事里的中国印象"系列丛书，以全方位展现中国共产党成立以来的辉煌成就为出发点，通过讲述大量充满温情、感人肺腑的中国好故事，大力宣传"时代楷模""最美人物"等先进典型，全面展现全国人民齐心协力实现中华民族伟大复兴的历史画卷，展现在党的正确领导下，民族独立、国家富强、百姓安居乐业，中国正式踏上实现民族复兴梦想的伟大征程。本丛书共 10 册，包括《锦绣河山万里》《追寻一缕时光》《丹心挥洒新愿》《盛世绘就梦想》《我为祖国代言》《一生终于一事》《福顺只须修来》《不忘初心归去》《岁月如此多娇》《家国处处入梦》。丛书里的每一本书都从一个小侧面反映中国共产党成立 100 年来祖国大地上的巨大变迁，用一个个温情的小故事来讲述普通人为之奋斗、为之拼搏、为之努力的人生。

《锦绣河山万里》收录了 41 位作者从不同的视角描绘的 41 座不同历史、不同个性的城市发展变迁历程，这 41 座城市各具特色，风格鲜明，映射出那一方水土孕育的独特人文风貌，更体现出国家日新月异的发展变化。

《追寻一缕时光》以大量真实、贴切、温情的经典故事，展现各行各业的代表人物对行业发展及自我生活工作经历的回顾，以小见大，以点到面，展现中华人民共和国发展繁荣的历史画卷。

《丹心挥洒新愿》讲述了祖国建设各条战线上开拓创新的动人事迹，展现了全国人民创新创业、奋发作为的历史画卷。

《盛世绘就梦想》收录 25 位从 1949 年起在各行各业有贡献、有影响、有成就的人物，他们是造就盛世辉煌的践行者和见证者，通过本书我们将引领广大读者一起触摸历史、展望未来。

《我为祖国代言》讲述在海外工作、学习的中国人心怀故土、矢志不渝的爱国情怀，展现一个个奋斗不息的人生历程，一个个充满爱和理解的家庭，讴歌积极向上的人生态度和爱国为家的良好传统。

《一生终于一事》选取《沙漠赤子》《破希望》《来自乡村的寒酸礼物》等 35 个故事为广大读者展示普通人摆脱贫困，争取幸福生活的奋斗历程。

《福顺只须修来》讲述新时期和谐忠厚、和顺亲睦的中国好家庭，倡导以爱齐家、以德治家的中国好家风。收录有《父亲和书》《外婆这样的女人》《浓淡父子间》《乖小孩》等几十篇带着浓浓亲情且有温度的文章。

《不忘初心归去》选取了三十余篇关于理想、关于奋斗的文章，展现了企业家、科学家、工人、教师等各行各业的人们坚守理想，矢志不渝，最终走向成功人生的故事。

《岁月如此多娇》通过一个个平凡人的小故事，带领读者走进他们的幸福，感受平凡生活中的温暖，展现新时期老百姓幼有所育、学有所教、劳有所得、病有所医、老有所养、住有所居、弱有所扶的幸福生活画卷。

《家国处处入梦》通过一个个渗入灵魂深处的小故事，展现中国人民矢志不渝的爱国爱家情怀，弘扬新时代的爱国主义精神。每个人的灵魂深处对于家国都有不一样的情感，对于军人，家国就是他们保卫的那片边疆；对于农民，家国就是他辛勤耕耘的那块土地；对于作家，家国就是他心中最美好的存在。

忆往昔峥嵘岁月，看今朝锦绣河山。回首中国共产党成立的100年，华夏神州留下了太多的变化奇迹。国家经济快速、平稳、健康发展，曾经的低矮、陈旧已经被眼前的崭新、繁华所取代，绿意婆娑的公园、鳞次栉比的高楼，商贾市集，车水马龙，一派勃勃生机。一个个梦想的实现，一份份成就的辉煌，无不彰显着每个人心中的"中国梦"。

时光恰好，岁月丰盈！让我们和这个时代一起绽放，也伴随着这片神奇土地不断成长。

本社编辑部

2021 年 5 月 20 日

目录 CONTENTS

烟盒背面的画

◎ 蔡 成

    父亲小时候学过漆画，可父亲并没成为一名漆匠。好多年后，父亲对这段半途而废的学艺生涯仍耿耿于怀，他将责任全部推给日本鬼子。父亲说："都怪鬼子兵，如果不是他们打到常德来了，我会好好学完手艺。"

    事实确实如此。1943 年 11 月到 1944 年 1 月，日本侵略军和中国军队在湖南常德会战，双方死伤惨重。祖母的老屋就在长常公路（长沙—常德）旁，并不宽敞的马路不时能见到急匆匆奔跑着的运兵、运武器的车，已守寡数年的祖母慌慌张张赶紧携家带口将家搬到远离大道的山窝窝金盆桥。

    金盆桥正是生我养我的村庄名字，也是村里的一座弯拱小石桥的名字。没人知道这座小石桥建于何年何月，只知道它比村里任何一个活着的老人都要年长。小桥很小，我用脚步丈量过，从南往北走过去，是五步；从北往南走，还是五步。小桥横跨流水清清的侗家坝，桥头有两棵树：一棵歪脖子的柳树，另一棵是柞树，也歪着脖子。

我们的家门正对着小石桥，对着没完没了流不休的侗家坝。我和我的哥哥姐姐经常问母亲："侗家坝的水流到哪里去了？"母亲不厌其烦地回答："流到洞庭湖去了。"我们再问："洞庭湖在哪里？"母亲摇着头："去问你阿爹，我没见过洞庭湖。"父亲的回答更不能让我们满意，因为他只说很远很远，远得不能再远。父亲接着用手比画："洞庭湖好大好大，八百里洞庭，你们猜猜看，那有多大，八百里啊！"

八百里洞庭，吓死人哩，我们不吱声了。我们去的最远的地方是村头的代购代销店，要走三里多山路，走得我们脚发软，兄妹中排行最小的我，半路上必定要赖地上，叫着喊着要阿爹阿娘抱才肯继续前进。

我们不再发问，蹲地上用树枝枝画金盆桥，画侗家坝，都画得很小很小；再画洞庭湖，干脆在裤裆下夹根竹棍子跑好大一个圈，然后宣布这就是八百里洞庭湖了。父亲饶有兴趣地看我们，笑："不像不像，桥不像，坝不像，洞庭湖更不像。"我们央求父亲："那你画给我们看哪。"

父亲真的开始画了。还是用树枝枝当笔，还是以地为纸，父亲手下的桥和坝竟真的和我们眼前的小石桥和侗家坝好像。至于洞庭湖，父亲只画了翻滚的波浪，画了几艘扬帆远航的船，画了几条蹦出水面的大鱼，却没添上湖岸。父亲说："洞庭湖是看不到边的，太大。"

眼睛竟然看不到边的湖，有船跑来跑去的湖，鱼能飞出水面的湖……父亲指着地上的画给我们讲解洞庭湖，我们几兄妹全都听傻了，傻到母亲做好了饭喊我们吃才醒过神来。二哥意犹未尽地说："阿爹，等我们长大了你带我们去看洞庭湖好不？"父亲愣了一下，然后使劲点头："好。"其余的兄妹急切切嚷起来："我也要去，我也要去。"父亲想都没想，道："都去，通通去，你娘也去。"

那一顿吃得好兴奋，兄妹几个喋喋不休地问父亲去看洞庭湖该怎么走，要走几天几夜，路上会遇到野兽不，路边能看到什么……父亲嘴里咬着一截煮熟的红薯，面对七嘴八舌的提问，他忙不过来，最后只说一句："吃完饭你们都去捡烟盒纸，阿爹画给你们看。"

金盆桥村的大人，只要是男的，个个抽烟，但基本上都是用刀切了自家种植的旱烟，再用张裁剪好的小纸条装上烟丝搓成"喇叭筒"点燃了抽，唯有村干部和极少数家境稍好一点的人才买得起盒烟来抽。还是毛主席说得好啊，"人多力量大"，我们几兄妹全体出动，半天工夫竟在村里的屋屋角角、沟沟畔畔找到十来个烟盒。我至今记得清清楚楚，那些烟盒上印着同一个牌子："经济"；我还记得父亲曾满脸羡慕地自言自语："经济烟 8 分钱一包，常德卷烟厂生产。"

几兄妹捡回来的烟盒，全皱巴巴的，也没有一个是干净的，都沾着泥点子。这难不倒我们。用抹布蘸水轻轻擦拭泥浆印痕，再晒干，用母亲做布鞋用的鞋样子夹住压一压，平整了。母亲也献出一份力量，她将烟盒捋齐再用针线缝成一个小本子模样，又砸去一节废电池的外壳，取出里面的碳芯棒用刀削得细长——这个黑乎乎的东西成了我们眼里的"笔"。

父亲学过漆画的功夫派上大用场了。他在烟盒背面做的第一幅画是一条笔直的马路。父亲说："去洞庭湖首先就要走大马路，很宽，10头牛能并排走。"这个数字很好"测量"，我们当即抬脚二十步左右——嚯，真宽！

第二幅画是马路上的汽车。汽车我们见过，但父亲在纸上画上密密麻麻的汽车，这让我们有点激动，马路上的汽车跟蚂蚁搬家一样排着队前进。

接下来，是二十几层的楼，比我们村的杨梅岭还要高的楼，一层层尽是小窗口。姐姐问："怎么上去？"父亲想了一想，他似乎没料到我姐姐会问他这个难题，最后他想出答案来了："走，一步一步，就像我们勾腰屈膝爬杨梅岭。"我们当即兴高采烈，庆幸自己住的是低矮的土砖瓦房，如果住二十几层的楼，每天爬那么高不把人累趴下才怪。

看到高楼之后是大桥——父亲在纸上画出个怪模怪样的桥，绝对没有我们门前的小石桥漂亮。父亲说，那是省城里的桥，铁造的，两层，上面跑汽车，下面跑火车，桥要越过一条江，江比50个侗家坝还要宽，走路过桥要走大半天……

我在惊诧莫名之后忽然想到一件事："阿爹，过桥要走半天，那我们走到洞庭湖要几天？"

父亲掐起手指来："从家里出门，走到省城要三天三夜，再过半天的桥，再走……"我们全吓住了。姐姐第一个打了退堂鼓，她格外小心地看看她那双快磨破底的旧布鞋，说她不去洞庭湖了。我说我也不去了，二哥仍想去："路上不是有蚂蚁那么多的车，我们坐车去。"父亲叹气，坐车要钱啊。

没人吱声了，我们掏破口袋也没法掏出一个子儿，我们是彻底的无产阶级。

父亲忽然站起来，大声说："有两个办法，那就是拼命学手艺，拼命读书。只要手艺学精了，别人请你上门去帮工，你就能够由别人掏钱请你坐车跑远远的，一定能见到跑火车和汽车的桥，能见高楼，能见到洞庭湖……读书也一样，只要考进省城，考进北京的大学校去，什么都能见到。"

父亲的这番话激起了我们新的热切希望。我们当场纷纷表示要苦学手艺，要用功读书。

父亲再接再厉，为我们绘出了更多的"外面的世界"。那个用烟盒纸装订的小册子终于画满了，最让我们痴迷的是一幢歪斜的高塔。父亲说，高高的石塔歪着身子站了几百年了，一直没倒，雷都打不倒。这让我们期待不已又畏惧不已，我们急切地希望看到那座弯着腰的高塔，却又只恐刚一站到塔下它就软下身子将我们严严实实压住……

大哥第一个跨过金盆桥走得远远的。他是木匠，和村里另几个木匠被供销社请到陌生的地方做一批据说要卖到日本去的樟木箱子。大哥出门半个月后来信了，信里说，他没在省城长沙看到能跑汽车能跑火车的大铁桥，但在武汉看到了，是用钢筋混凝土建的。大哥说，他也没看到弯腰的塔。父亲随便笑一笑，说可能他记混了，两层的铁桥既然不在长沙，歪塔或许也是在其他地方。

姐姐考进省城读书了，第一个寒假回家，第一句话是："二十几层高的楼不是走路上去，是坐电梯上去。"父亲再次随意笑笑，说自己老糊涂了，记错了。

二哥去郑州读大学，尔后去广州工作，他始终没见到斜了几百年的塔，但他说不会停止寻觅。二哥曾有一次试探着问父亲，歪塔不是中国的吧？已读中学的我，当即搬出历史书和烟盒画来对照一番，尽管两图相差十万八千里，我还是念给父亲听：意大利有个全世界著名的比萨斜塔，石头建的。父亲再一次随便笑笑，说也许吧，可能又记错了。

我好奇怪，问："爸，你去过外国吗？怎么会把意大利的塔记到中国来了？"

我的父亲，第一次说了实话——40 岁前，他哪里也没去过，没去过省城，没见过两层的大铁桥，更没见过一望无际的洞庭湖……父亲描绘在烟盒背面的画，仅仅是听村里的一个教书先生说的。

谁也没指责父亲的谎言。因为，尽管父亲描绘在烟盒背面的图画全是虚构的景致，但它们却实实在在地成了指引我们几兄妹努力追求的"明灯"。

我帮姐姐写情书

◎ 杨池明

我念小学三年级那一年的冬季。一天，我放晚学回家，见大姐坐在房里哭泣。我的心一沉，欲问究竟时，见她捧着一封信，过来拿起一看，是参军不久的未婚姐夫写来的。我明白了，原来，文盲姐姐是为无法读这封珍贵的信而哭。我说："姐，我来念给你听。"姐破涕为笑说："你识得这么多字了？"我说识得。我结结巴巴半猜半蒙读完信，接着又较为顺畅地复读了一遍。不久，姐夫来了第二封信。这封信的字迹写得工工整整，有些比较复杂的字还注了拼音。姐夫信中说："……我的笔画在纸上的声音，变成了弟弟的声音。

我知道是弟弟在读信给你听。弟弟是你们家唯一一个文化人，理应由他来帮你写信。我们的弟弟是那样聪明，他一定能行的，请你不要有任何顾忌，心里想对我说什么尽管说，让他全都写上……"我念到这儿兴奋地说："姐，姐夫说让我帮你写信呢！"姐姐说："你能行吗？"我豪气万丈，说："姐夫都说我行，你还为什么担心我不行。"晚上，待到夜深人静时，姐姐才和我进了她的房里，关上门，点燃油灯，铺上笺纸。当我提起笔，写上称呼之后，却不知从何下笔了。我等待姐姐口授，姐姐却支吾着不知该在信上说些什么。姐姐憋了老半天，终于红着脸说，"就写我前些日子晚上做的那个梦吧。"写姐姐的梦也挺为难，要将姐姐口语中的方言、俚语等转换成书面语言或普通话。诸如：机取（牵挂、惦念），呢虎（内面），朗在搞（咋回事）等等。写这第一封大半页（一百几十个字）的信，折腾到鸡叫第二遍。这封信发出后，我的心悬了起来，担心邮局的叔叔阿姨们看到信封上歪歪扭扭的字迹，会以为不是一封正规的信而丢到一边，担心信走这么远的路从这儿转到那儿，转来转去搞丢等等。我和姐姐一样地期盼着姐夫的回信。过了漫长的两个多星期。春节前夕，姐夫的信到了，我和姐姐一样心花怒放。姐夫在信上这样对姐姐说："和你离别的时候，是参军的喜悦和激动，以及对军旅生活的幻想，我压根儿没有泪要流。接到你的来信，我的鼻子发酸差点儿流出泪来……"

早春二月的一天，怀揣着信的姐姐，在我放学回家的半路上等到了我。她迫不及待地要我读信，四下看看没人，拆开了信。老天爷恶作剧似的刮起好大一阵风，一页笺纸挣脱姐姐的手飘向空中，它飘呀飘呀居然往小河上空飘去了，姐姐追赶着信冲下了河坡。笺纸慢悠悠地飘下来，落在河面上了。姐姐冲进齐膝深的水里捞起了信。姐姐手托着湿漉漉的笺纸，带着哭腔跟我说："上面的字有没有浸坏，还认得出吗？"我说认得。其实，这是用纯蓝墨水写的字，好多字迹都模糊不清了。姐姐背对我解开衣襟，将湿笺纸小心翼翼塞进怀里。回到家里，姐关上门换衣服，好半天才出来，让我来读这封被姐姐用体温焐干的劫后余生的信。为了不被姐姐伤心，我穷尽了自己的想象力和判断力来读这封信……

我在帮姐姐写信时，碰到有些不会写的字，常画个小图案或用汉语拼音代替。譬如，姐姐担心在北国当兵的姐夫站岗受冻，她说站岗不移动位置也可以运动一下身子。踮着脚站会儿，跷着脚站会儿，反复踮脚跷脚，身子就发热了。我不会写"踮"字和"跷"字，分别画一双脚尖朝下的脚或脚尖朝上的脚代替。姐姐说今年家乡庄稼受了涝灾，棉花被水淹死，改种了粟子，我不会写"粟"字，画了一穗粟子代替，等等。姐姐听我说，要是我有字典，就能在字典的帮助下，认得和会写不认识和不会写的字了。姐姐央求父亲给我买一本《新华字典》。父亲听说不是老师叫买的就没有答应。姐姐和母亲合谋瞒着父亲卖了家里一只母鸡，给我买了一本《新华字典》。傍晚，母亲、两个姐姐和我还煞有介事地去找了好半天"失踪"的鸡。有了字典的帮助，我的读写能力有了质的飞跃。姐夫说有个偷看了姐姐的信的战友夸奖说，这是他看到的最情真意切和没有半点水分的信。虽然姐姐信中的每一句话都是姐姐口授的，但毕竟都是我帮忙写上去的呀，我觉得这也是对我的夸奖。

一想到由我这样一个小学生代笔写出的信让解放军都夸奖，我就有一种自豪感和成就感。

刚上五年级不久，姐姐向她的闺中密友（我叫她枝姐）引荐我帮她读信和写信。枝姐的未婚夫也参军去了。枝姐原来的信都是提着鸡蛋去集镇上找那个专业代笔的老先生写的。枝姐也跟我姐一样，每次写信都搞得偷偷摸摸见不得人似的，总是要耐心地等到夜深人静时，关紧房门开始。我在帮枝姐写信时，有了个惊奇的发现，原来并非我姐是一个特容易脸红的人，而是女人们都特容易脸红。枝姐跟我姐一样，口授开始时，油灯映照下的眼睛亮晶晶、水汪汪的。她突然结巴起来，愈来愈粗重的喘气拂动桌上的笺纸。此时，我瞟瞟她白皙的脸，像清晨东方的天空，即将升起的太阳的光渐渐映红天空，愈来愈红，红彤彤的了。那个晚上，枝姐又来接我帮她写信去。我忽发恶作剧的奇想，想看到枝姐的脸不是渐渐地红而是那种刷地红彤彤的。我在给她读信时，眼睛看着信，"念"出的却是我事先编出的话："……我不会再写信来了，要跟你分手……"抬眼看枝姐的脸，哪里是"彤红"，而是惨白惨白。在我震惊得目瞪口呆时，她的大滴的泪滚落出来，像早晨树叶上滚下的晶莹的露珠，我连忙说我是跟她开玩笑逗她的……事后，姐姐语重心长地教训我，说："这玩笑是不能够随便开的，如果她的心脏不好或神经脆弱，吓死或吓成精神病都是刹那间的事。"她还说要我尊重和同情那些不幸生为女子而没有念书的睁眼瞎，还说要我以后成为一个不欺负女人的男子汉。

姐夫在一封信中告诉姐姐说他学会了吹笛子，还说想不到吹笛子那么简单，几天就入了门，一个星期就吹得出几首曲子了，半个多月就吹得很熟稔很好听了。这对我产生了极大的诱惑。湾里有个养蚕的叔叔会吹笛，我去向他请教。我帮他摘了半天桑叶，他将笛子借给我带回家里学。我对姐说："我好想有一支笛子，家里没有钱，爸不会给我买的。"姐拿起笛子横看竖看，看了半天，说："这笛子，一截竹子上挖这么几个孔，这一端加一个塞，就成了。就这么简单。"

姐姐在我家竹园精心挑选了一根竹子，锯断，掏空节，用钢锯条磨成锋利的雕刀。比着那支笛子标上各孔位置标记，挖好孔……目不识丁的文盲姐姐为我做成了一支漂亮的笛子。我吹了一会儿，感觉比借来的那支笛子轻松且音质也美多了。后来教我吹笛子的叔叔还说要用他的笛子跟我换呢。之后，又帮姐姐写信时，我第一次提出了我的想法，要姐姐将她做笛子的事写在信上。见她犹豫，我一个劲地鼓动，说："这证明你心灵手巧，你很能干，说不定会让姐夫佩服得不得了呢。"姐姐接受了我的建议。不久，收到姐夫寄来的包裹，是一支笛子和一本《笛子吹奏法》……

那装满一箱子的情书，被姐姐像传家宝一样地珍藏。我的文盲家庭，以这样的方式记载下我成长的轨迹，重睹这些文字，唤起我童年最亲切的怀恋。

即便今年颗粒无收，

我们仍然要对着麦子微笑，

毕竟粮仓里还有许多种子哩。

福顺只须修来 /

对着麦子微笑

◎ 马国福

13 岁那年夏秋之交，家乡遭遇了一场几十年不遇的冰雹灾害。那年的苦涩与艰难我仍记忆犹新。自然灾害打在成长岁月上的烙印历历在目，然而父亲面对灾害的从容和说过的那些话，却如同生长在坚硬岩石上的常青松一样挺立在我的心灵深处。

那年七月初，田里的麦子快黄了，再过半个月就要收割了。虽然不到收获季节，然而丰收在望的喜悦和期盼早早地流露在父辈们的脸上。树上的苹果杏子即将成熟，过不了多久就可以摘了。地里的蔬菜青翠欲滴，滋润着我们的生活。然而天有不测风云，就在我们掰着指头掐算收获的日子时，一场突如其来的雹灾袭击了村庄。那天午后，原本晴朗的天空突变，顷刻之间蚕豆大的冰雹倾盆而下，打在身上格外疼痛。冰雹打落了树上的果子，即便没被打落的，也被打烂，伤疤一个接着一个；麦子被拦腰折断，麦地里满目疮痍；地里绿油油的蔬菜被冰雹打出一个个洞，被打烂的菜叶像从美丽裙子上撕下的布条。

一年的希望在不到 15 分钟的时间里化为乌有。大人们顶着冰雹在第一时间赶到麦地，眼睁睁看着麦秆一根根被大风刮倒，麦子一株株被拦腰折断。我跟着父亲赶到麦地，只见上了年纪的人双手捧着被折断的麦子，仰天大哭。有的人蹲在树底下抽着闷烟，满眼泪水。男女老少的神情严肃而又悲伤，聚在田埂上诉说着自家的惨重损失。

年少的我站在大人们中间，苦涩写在他们脸上，无助的神情让人格外心痛。但麦地里的父亲脸上看不到一丝悲伤，我知道，向来乐观的他从不把悲观失望表现在脸上。他只是用力握住铁锹，把水一锹一锹泼向田外，一锹比一锹用力。

原本丰收在望的景象一下子变得面目全非，我不由得流出了泪水。父亲放下手中的铁锹，无比慈爱地抚摸着我的后脑勺。他说，别哭，庄稼不成年年种，我们受苦人没有悲伤的权利。

我知道他是用爱的语言把内心的苦楚化为乐观的力量，让我们笑对一切。可面对这凄凉场面，有谁能够轻松得起来呢？令人不解的是，父亲竟然当着那么多人的面，捧起一把折断的麦子微笑。他的微笑从容、镇定、坦然，又意味深长。或许在那些长辈眼里，父亲的举动是对土地的不敬，是对自己辛勤劳动的一种淡漠和亵渎。我看看父亲微笑的脸，又看看那些长辈挂满泪水、因为极度痛苦而一筹莫展的脸，两种不同的态度加剧了我对突如其来的灾害的怨恨。

长辈们脚下堆满了烟头。乌云渐渐散去，风停了，雨住了，太阳露出了本来的面目，一副处变不惊的样子。父亲抹去我脸上的泪痕，说，走，我们回家去。回家的路上我不断地让父亲计算今年的损失，父亲依旧带着笑容说了一句谚语："十日打猎九日空，一日赶上十日功。"不要悲观，哪里的土地不养人。即便今年颗粒无收，我们仍然要对着麦子微笑，毕竟粮仓里还有许多种子哩。这些话，像一束穿透阴霾的阳光，折射着希望的曙光，让年少的我挥别苦涩的泪水。我猛然间感觉到因为父亲的乐观，我自己也变得坚强起来。这些话就像一片夹在石头缝里破土而出、默默无闻地顶着重压的叶子，点亮了我们对美好生活的向往。

尽管那一年庄稼歉收，然而我们却收获了另一种麦子。那一年，在城里亲戚们的帮助下我们渡过了难关。从那以后，我不再顽皮，放学后主动帮家人做一些力所能及的家务活。第二年，我家的庄稼获得了前所未有的丰收。我也开始长大，从一个村里人教育子女的反面教材成为同龄人中的榜样。

十多年过去了，我总喜欢从自己走过的道路中汲取写作的灵感。我认为乡村贫瘠的泥土里埋藏着许多"金子"。我以乡土为支撑精神大厦的支柱，认认真真把它们砌成不断进取的台阶。在近三十年的人生道路上，尽管我也曾走过不少弯路，但是每当自己面对考验的时候，我总喜欢把父亲说过的那句话当作审视自己的镜子。

"即便今年颗粒无收，我们仍然要对着麦子微笑，毕竟粮仓里还有许多种子哩。"

现在，我家近五年没有种麦子了，但我仍对麦子念念不忘，对对着麦子微笑的人敬佩有加。父母亲不再受苦，安享晚年，日子像麦芽糖一样，唇齿流蜜。也许这就是在波涛汹涌的人生河流里，风雨停止后命运馈赠给我们的最珍贵的金子吧。

父亲和书

◎ 李　炎

　　父亲小时候只念过半年私塾。听人说，有一次先生让他认"风"字，他不会。同桌的伙伴想提示他，便对着他轻轻地吹了一口风，他误解为"吹"字，结果挨了先生的戒尺。

　　这个笑话一直在村子里流传。虽然，我在小的时候为此承受了太多的同学的嘲笑，但我认为我的父亲很有学问，因为他总有许多讲不完的故事。

　　在那没有电的乡村，寒夜似乎特别长，母亲坐在油灯下做针线；父亲半躺在床上，我总是缠着他要他给我讲故事。他讲的多是一些民间传说，还有如王祥卧冰求鲤、董永卖身葬父等这些《二十四孝图》中的故事。当然，这些故事的出处是我后来才知道的。

　　直至上初中后，我才不再听父亲讲故事了。有一回，我正在家做历史作业，父亲突然指着隋朝的"隋"字，问我怎么念。我告诉他后，他有点诧异地说："我只听说唐宋元明清，却没听说还有个隋朝。"当时，我十分惊讶。在此之前，我压根儿没想到，他的知识竟如此浅薄。我真不知道，他原来讲的那些绘声绘色的故事是哪里来的。此后的日子里，每当我面对父亲时，幼稚的心灵总有一种深深的同情。

我上高中的时候，父亲已五十开外。两个姐姐出嫁了，哥哥在一次意外中身亡，而最小的我也在十几里地外的学校住读。家里只剩下他们老两口，像断楫残桨一样孤零零地被抛在沙滩上。父亲一下子衰老了许多。那份落寞，那份伤痛，我无以言表。当时的我曾有退学的念头，并不是体贴父母生活的艰辛，而是想陪伴他们度过那孤单伤痛的岁月。父亲的坚定打消了我退学的念头，并支持着我上完大学，到后来参加工作。

父亲是那种有什么苦都咽在肚子里的人。在那沉痛的日子里，他没有流露出太多的悲伤，而是静静地看书。只要一有空就端着厚厚的《唐宋演义》之类的书在看。父亲身材高大，坐在小板凳上，戴着没有脚架而用绳子绑着的老花镜，端着书正襟危坐。此情此景，突然有一种略带伤感凄凉的美感动了我。岁月的沧桑，生活的艰辛，人生的伤痛，佝偻了父亲的身影，他的心却看似平静，坦然接受人生的变故。

因为有了前面的笑话，我对父亲看书的行为确实产生过疑问，但我又深深理解一个老人在承受巨大的伤痛后想在书中寻找慰藉的心情。在我周末回家时，父亲总是指着书上许多不认识的字问我，我一遍又一遍地告诉他。慢慢地他得出一个经验，那就是秀才认字读半边——长的认一截，短的认一偏。

那时，隔壁大爷每晚都来我家听书，抑或是安慰父亲那颗伤痛寂寥的心吧。他们坐在床头，就着那盏昏暗的灯泡，一个有板有眼地读，一个聚精会神地听。念别字是常有的，赵匡胤念成"赵匡育"，金兀术念成"金元术"也无伤大雅，反正隔壁大爷只字不识。每一个人物的出现，隔壁大爷总是急切地问：是忠臣还是奸臣？我每每听到看到这种情景不觉暗自发笑，又因他们的苦中作乐而心里酸酸的。有时，他们会停下来，评析书中人物的心理，猜测情节的发展，居然十分独到，常常吸引了我。有一次，我无意间站在他们身边听。父亲笑了笑，似乎有点不好意思地说："好多字我不认识，还是你读我们听吧。"那晚，我为他们读了好长时间，虽然比父亲读得流利多了，结果隔壁大爷却说，听得不痛快。还有一回，我随手翻看着父亲在看的《岳飞传》，发现书上有许多被火烫的小窟窿。我很纳闷，好好的一本书，为什么这么不小心？细细一看，我发现了其中的奥妙。原来那一个个小窟窿都是秦桧的名字，是隔壁大爷在气愤时，用点旱烟的香火烫的。

后来，隔壁大爷去世了，父亲叹息了好一阵子。在那面对孤灯冷壁、缺月残星的日子里，是他陪伴父亲度过一个个凄清的夜晚。父亲是叹息他失去了伴他看书的苦难兄弟，还是看见了自己前面的归宿？

我参加工作后，家里便不再承包田地了。父亲有了更多的闲暇时间，他的心也早已走出了丧子之痛的阴影。我叫他也像别的老人一样打打牌，他却说："打牌费精神，搞不好还会弄生人的。还是看书好，一壶茶、一本书，清静。"我找到许多适合他看的书送给他，于是常常引来母亲的调侃，这死老头，又在用功，要赶考啦。

春节在家和父亲闲聊时，无意间聊起《三国演义》来。父亲一大段一大段说出书中的原文，并说写得如何如何的好，听得我这个学中文的汗颜。我十分惊讶地看着他，不亚于当初他说不知道有个隋朝。

十几年来，一直是看书打发父亲孤单寂寞的时光。也许他不曾刻意从书中得到什么，也许仅仅是消遣。一个只念了半年私塾的老人，从当初识不了几个字到后来能读懂并熟记《三国演义》的过程，切实让我感动。正如一位农夫守着一块贫瘠的土地，几十年如一日反复耕作，不弃不舍，与世无争，这其中又有谁会去深究他的收成呢？

如今，父亲已七十多岁了。长年在外的我，每次回家和父亲总有聊不完的话题，从三皇五帝到溥仪，从曹雪芹到金庸，父亲总能评点一二。而今消遣的方式千姿百态、日新月异，我也曾想让父亲有所改变，但他仍一如既往地热衷于他的书。

生命与诺言

◎ 刘志强

早就想买一部数码相机玩玩，但因为价格的原因，一直出不了手。前几天上网"逛商店"，发现有一款数码相机很便宜，便动了心。但毕竟一千多元对我来说也不是小数目，又是网上交易，安全系数还是个未知数。我便给网上的店主发了封邮件，直言我的顾虑。

很快便接到店主的回邮。他的邮件是这样写的：

我是唐山人。

尽管我十分不愿意回想那叫人伤心落泪的往事，但因为你担心的是关于"诚信"的问题，所以我还是要跟你讲一讲我亲眼所见的我父亲的一个故事。

不错，事情就发生在大地震的那个晚上。那时候我很小，很多记忆现在已经模糊，只记得是在睡梦中被父亲叫醒，他急促地说："快跑，楼可能要塌！"我不明白为什么，只见母亲好像在紧张地找什么东西，父亲一手拉着我，一手拉着母亲说："快逃，还有什么比命贵重啊！"母亲便什么也没拿，我们三个人就这样慌慌张张逃到了楼下的一片空地。

刚站稳，父亲忽然想起了什么，对母亲说："糟糕，老张的相机没拿。他明天到上海出差，要带上的。"我知道相机是跟老张叔借来的，为的是给我拍过生日的照片。昨天我就听老张叔说，明天相机一定要还给他，他要出门了。

母亲说："不行，你看摇得厉害。"

父亲说："等会儿砸坏了，拿什么还老张？你看紧孩子，我去去就来。"没等母亲答应，父亲已经飞奔进楼了。

还没等父亲回来，一阵更强烈的地震发生了。我们住的楼房，就在我的面前像一栋垒高的积木一样轰然倒下。我的父亲就再也没有出来。

后来找到了父亲的遗体。相机紧紧地抱在他的怀里，一点也没损坏。可惜的是，再也没办法还给老张叔了，因为他们一家没一个人跑出来。

后来母亲便把相机作为父亲的陪葬品。我想，在另一个世界里，父亲一定会亲手把相机完好无损地交还给老张叔的。

父亲为了一个诺言丢了生命。

我若是为了金钱，丢掉了诚信，我怎么对得起父亲的在天之灵。

我还算是人吗?

......

读完他的信,我毫不犹豫地汇出了我的货款。我相信,这世界一定还有比金钱更可贵的东西。

虽然屋子简陋，家具皆旧，

她的人亦老到只剩一口假牙，

可一切，自有一种不容轻觑的庄正。

福顺只须修来 /

外婆这样的女人

◎ 陈蔚文

外婆八十多了，每回买了东西去看她，她都不肯收，搏斗般拉锯一番，结果总是她输——从气力上，她哪争得过我们呢？有时见拉锯战即将展开，我们丢下东西就走，不，是逃！留她在身后念叨，唉，这怎么好意思！老吃你们的东西，我又没什么好给你们的——仿佛她是别人家的外婆。

隔段日子，她会买些东西硬要我带上，不收就生气。这不是见外，更多的是出于她这一生要强的个性。

二十几年前，外公过世后，外婆一个人过。她说一个人自在、清静，其实更多的是因为她省俭，怕和子女过不惯，起摩擦。她见不得倒剩饭扔旧物，一见就生气。她不习惯花钱，只习惯存钱，一分一厘都要花在刃口上——对她来说，只有最基本的生活所需才算得上刃口。

　　我们劝她想开些，别那么抠自己，可说再多遍也无效。外婆固执，反过来数落我们："有饭吃的日子要想着没饭吃的时候！"我听着生气，那挣钱有什么意思？过日子有什么意思？就为备战备荒？事后却又后悔顶了她老人家——我知道，她这一生和我是全然两重的经验与记忆，谁也甭想说服谁。

　　外婆硬气——这是她给自己的评价，也是她极看重的做人最紧要的品格。为这两个字，她吃再多的苦也心甘！

　　当年跟外公从家乡来到省城，全家人就凭她和外公的两双手挣下一席一瓦，在城市扎根站脚。不算夭折的孩子，外婆生养了8个！

　　外公生了场肺病，那时的肺病差不多像绝症，医院多次下了病危通知单。外婆抹干泪，大着肚子去山上挖草药。外公终于挺了过来，但身子坏了，外婆成了家里的主要劳动力。她在防疫站干过，卖过鱼——大冬天，凌晨两三点起来去市场贩鱼，在凛冽的寒风里蹬着三轮。清早六点左右，外婆就开始卖鱼了，帮买的人刮杀。外婆那时也五十多了吧，一双手粗糙犹如锉刀，到处布满伤口血痕。蚀本的日子也有，有时鱼卖到晚上还卖不完，剩些乱七八糟的杂鱼，外婆就烩成一锅给全家人吃——外婆做鱼的手艺很好，不知道是不是那段日子练出来的。

　　后来生意不景气，加上外婆也蹬不动那沉沉的三轮了，就找了份看门的差事，依然辛苦。外婆无比尽责，早上四五点起来扫院子，半夜起来给回得晚的人开院门。那时门房处有部电话，碰上找院里的人接电话，在楼下没喊应，她就爬到楼上去喊，一天下来要爬好些趟楼——她珍惜这份工作。院子是单位的院子，院里住的都是体面的公家人，外婆觉得自己要干好才对得起这份"共产党给的事"！但同时，外婆又很讲原则，院里人用公家水洗车之类，她总要制止，为此得罪了些人，背后骂她"死脑筋"，还真把这儿当她家了！

门房狭小，小得放上一张床、一张吃饭的小桌后几乎不余什么空间，转个身都不宽裕，且冬冷夏闷，六十多岁的外婆就在这间房里度过了十几个寒暑，无论子女怎样做她工作，劝她别干了，她都不听，也坚持不要子女给的钱。她说，我做得动！一个月几百元的薄薪对她意味着"自食其力"，意味着自己还有用，不用依靠谁——对她，没有比这更重要的了！

我们劝她，子女养您天经地义啊！那些年，家里穷得揭不开锅，您和外公为养这一大家子什么苦都受尽了，如今享点清福又有什么？真的，外婆那时吃的苦是我们无法想象的，身怀六甲的她顶着北风，挑两大桶猪潲给人过桥送去，险些累晕在桥上，至今外婆的眼睛见风就流泪，红得像桃子。生孩子请不起接生婆，她就自己拿把剪刀在火上烤烤，忍着痛，咬牙剪掉脐带，产后一天就下床干活——一家人的洗涮吃食还等着她呢。

她吃的永远是一家人的剩饭残羹，生养 8 个孩子的月子里，一碗红糖水就算不错的进补，如再磕个蛋，便可称奢侈。馊了的饭菜她从来舍不得倒，闹肚子扯把马齿苋煮水喝了抗过去，有这病那痛也从不舍得瞧医生，煮些干芙蓉花水喝——她说，这东西消炎、去火，至今这仍是她为自个儿治百病的药。

有次，和外婆又为买给她的东西推拉，我突然生气了——方才在门房，我见桌上搁着她的午餐：一碗色泽可疑、内容不详的剩饭杂烩。而来看外婆之前，我刚和朋友吃过饭，4 个人吃了近 300 元。菜点多了，剩了一桌。

我气外婆的过分省俭，气自己因为她而常常升起的犯罪感、内疚感，我气根本无力说服和改变她，哪怕一丁点儿！好多次，我想跟她说，外婆，你别那么要强好不好？终于没说。干吗要说呢，她都要强这么多年了，我有什么资格要她放弃在苦难中养成的原则？

那次和一个女友办事，顺路一块儿去看外婆。回来的路上，女友说，你外婆可真是想不开！子女家轮流住着不好吗？就算生些摩擦，受点小气，也比起早贪黑苦磨自个儿好啊！

女友是"明智"的女人，从不和自己过不去，先生在外面有了些不清不楚，她先是气愤着闹离婚，先生甜言安抚又息事宁人了，她继续安心享用他给她的优裕生活。她说，干吗跟自己过不去，离了婚我有什么好！一个人拉扯着孩子辛辛苦苦，要那气节我能立牌坊啊？

放眼四周，像女友这样识时务、懂变通的女人越来越多，她们只要最实在的利益，不跟自己较劲，她们把这当成一种优游生活的智慧。

而外婆在自己生养的子女面前都不肯低一点头，唯恐做母亲的尊严受损。虽然，就凭生养之恩，她也完全可以理直气壮地在子女家安享晚年。可外婆太要强，她只要撑得动，就一家也不愿去打扰。她不肯有一点成儿女负担的感觉，甚至，她把自己身后事的钱都预备下了！

跟那些信奉实惠生活哲学的女人相比，譬如女友吧，即使她老了，我想她也不会同子女闹别扭，舒适对她来说是最紧要的，那些气节和脾性，能当饭吃啊？外婆相比就显得悲怆，那些在狭小的值班室度过的日日夜夜，那些寒暑天自己洗衣烧饭的日子，都是她为要强而付出的代价。

靠自己的一双手，老了，她亦不肯在子女面前失掉一点尊严。外婆，我想她即便活到最后一天，也是要鬓裳齐整，让日子掷地有声的。

七十几岁时，外婆"失业"了，对这份干了十几年的差使她很舍不下。尽管她自认身子还硬朗，尽管她同以前一样干得尽责，但院里有住户提出，这么大年纪哪适合干门房？耳聋眼花，对院子安全不利不说，也显得我们这些人很不敬老爱老啊！外婆闻此，很快就收拾东西走了。

她仍旧没和子女住，租了间老房，旧，暗，但比门卫室要宽敞。子女们每月交生活费给她，她不肯多要，有困难的儿女她一家只肯要50块，逢年过节还要包红包给晚辈。

她很怀念那段贩鱼的日子，常念叨着要去卖啤酒。她为没成家的晚辈打听合适的对象（有回还差点成了，但终于没成），有时去子女家看看（哪家若遇上点事，她整晚睡不着，紧揪着心，尽管于事无益）。儿女亦会来看她，次数不多，一家有一家要忙的生计。大多数时候，外婆是孤独的，暮年的孤独、凄凉。租房没安装有线电视，电视只能收一两个频道，且图像不清，还常有杂音，若屋外下雨，分不清是雨声还是电视声。外婆坚持不肯换新的，像不肯要一切好点的东西——子女们若执意买了，不是惹她生场大气，就是东西被她搁着，如是吃食，她就拎去别家给晚辈吃；如是穿的，她就收进橱里，依然穿旧的。

桌上依然常是内容不详的剩菜，有时甚至甜咸混杂。外婆说，她喜欢吃剩菜，入味（她喜欢吃的还有鱼骨鸡皮之类，总之都是那些很少有人下筷的），那些周正些的菜和水果她是不买的，买得多的是那些因外形影响了身价的菜蔬。

碰上哪个子女来，她留他们吃饭。如他们留下，便是她最高兴的时候。她兴冲冲地去买菜，用度比平日自己买菜慷慨多了。要开饭了，一屋子吵吵嚷嚷，她笑，打心底里高兴，像多年前外公还在时，儿女们聚拢在一处吃饭的情形。

她斟上杯酒，阳光从窗口射进，照亮了她满头的白发。虽然屋子简陋，家具皆旧，她的人亦老到只剩一口假牙，可一切，自有一种不容轻觑的庄正。

乡音

◎ 翟丙军

也许有一天，随着普通话的普及，我们的乡音会逐渐消失，淡出文化与历史的舞台。但是，老人们说，不管普通话怎么普及，我们熟悉而亲切的乡音永远都不会消失。因为，这声音已经融入我们的血液，融入子孙后代的骨髓……

老家与河南搭界，所以老家人说话满口河南腔。但凡听过河南方言的人都知道，这种方言是多么的接地气。譬如管休息不叫休息，叫歇晌儿；管工作不叫工作，叫做（zhù）活；管晚上不叫晚上叫黑喽等。在老家许多少年人的心里，这乡音就像是一张身份证，时刻提醒别人，我们是一群来自贫穷地区的农村娃儿。

所以，当老家的少年一旦有机会离开家，到外面上学、工作以后，马上就会急着撇掉乡音，试探着用蹩脚的普通话略带怯意地与人交谈。我也是这样。

十多年前，当我还是青瓜蛋子的时候，一辆征兵的列车把我从冀南一路颠簸地捣鼓到了辽东。从此，我开始尝试去说普通话，刻意避免露出"丑陋"的乡音。可有时候，乡音就像是一条活泼的小尾巴，一不小心，就会露出一截来供人参观，然后就会时不时地换来别人一句："小伙子，老家哪儿的？河南的吧？"

我不知道老家的少年为何都急于改掉乡音，也许是因为在我们心目中，撇开了乡音，也就意味着撇开了家乡的愚昧与贫穷，撇开了那堆黄土坷垃里的尿素和牛粪、白菜与大葱、羊舍和猪圈、花生与豆饼……

正如少年人厌恶乡音一样，老人们也同样瞧不上普通话。他们管说普通话的人叫"侉子"，语气里明显带有不屑的味道。老人们固守着乡音，就像是固守住了这块土地上的文化与祖先，在他们眼里，"侉子"们通常是不懂人情世故、矫揉造作的"二百五"。不过，老人们最瞧不上眼的，还是我们这些从老家走出去的"侉子"。

老家有个流传甚广的故事，几乎人人都听过。说有个小屁孩儿在外地下了两年小煤窑，学"挑骚"了，回家探亲时跟爹到地里做活，道上碰见邻家二大爷给麦苗锄草，就搭话："二伯，你们家的韭菜长势很喜人嘛！"二大爷抬头见是他，挺意外，说："狗剩子，这才出去几天呀，连麦青子、韭菜都分不清了，你小子啥球时候回来嘞？"小屁孩儿还没听出二大爷的话里夹枪带棍，依然自我感觉良好，操着半生不熟的普通话说："昨晚。"他爹在一旁听着实在羞得老脸没处搁，劈头盖脸就是一巴掌，骂道："你个小王八蛋，啥球'坐碗'，还叫你'坐锅'嘞，好好跟二大爷说几句人话。"小屁孩儿忙捂着脸说："爹，你甭打甭打，我这就跟俺二大爷说是夜格黑喽回来嘞还不中？"

这笑话是嘲弄我们这些忘本的"侉子"的，老人们一讲起这笑话就得意地大笑，在一旁围听的鼻涕孩儿也跟着笑。老人们趁机教训鼻涕孩儿，长大了可甭忘本。鼻涕孩儿们忙不迭如同捣蒜般点头，可是等这茬鼻涕孩儿瓜熟蒂落开始起粉刺疙瘩时，早就把这笑话给忘了个一干二净，一旦出去打两天工，照样该韭菜的就韭菜，该"坐碗"的就"坐碗"。而老人们呢，只好把这笑话说给下一茬的鼻涕孩儿们听。

尽管知道老家人瞧不上"侉子"，但每次回家，我依然会倔强地操播音员腔，因为我实在讨厌那土得掉渣的乡音，讨厌那一出生就在生活、教育、就业等诸多方面比城里人差半截的现实。

在父母眼里，我变成"侉子"是一件很丢人的事，并自认为这其中难脱他们教子无方的干系。因此，每次回家，父母都借故尽量让我少出门，少与邻人搭话。如果必须与别人搭话，但凡他们在场，总会责无旁贷、义不容辞地主动担负起现场解释工作。譬如我要是跟爹下地做活，恰巧碰见二大爷锄地，二大爷问我啥时候回来的，我说："昨晚。"我爹不是劈头盖脸给我一巴掌，而是在一旁做解释、打圆场，说："娃在外边，周围全是侉子，娃不侉别人听不懂，侉多了就一时改不回来了，搁家多住两天就好了，就不侉了，就会好好说话了。"

不过，世间万事万物没有一成不变的。转眼，我离开家已有十多年，已从当初"嘴上没毛办事不牢"的愣头青变成了一个一天不刮脸就显老十岁的而立之人了。随着离家时日渐久，对乡音的厌恶感也日渐消淡。偶尔遇到不遂心愿的事，或者太久不与家人联系时，居然还会萌生出一股想听听乡音的冲动。家乡于我心中也不再只是贫穷与愚昧的代名词和急于摆脱的瘟疫。黄昏的炊烟，牧羊归来的小路，夕阳下的土坯房，渐已干涸的小河床，房前茂密的小树林和屋后飘香的油菜花……这一切，都在岁月轮转中不知不觉地平添了几许温情、几多眷恋与深入骨髓的思念。后街那个爱笑的小妹可曾出嫁了？邻家五叔的风湿病可曾好些了？院子里那棵老枣树是否已被刨掉了？儿时玩伴里那个豁达开朗、什么事情都不放在心上，总爱说"该死该活头朝上"的小孩娃儿现在长成了什么样？

几年没回家，今年，终于得以成行。收拾好行装，乘上来时的火车，从辽东一路颠簸又回到了记忆中的冀南。多年不见，老家依然如故，看不出有什么明显的改变，只有早被城市淘汰的"大发"面包车的数量猛增，满县城都是。坐上它，一口气颠簸到村口。下了车，看见通往村里的土路依旧弯弯曲曲，村口宋铁匠家的铁器铺子里依旧叮叮当当。所不同的是我的心境，这熟悉的乡村风景在被我冷落多年以后，如今突然又觉得温馨亲切起来。一路走来，面对乡亲街坊热情的问候，久违的乡音也情不自禁地脱口而出，像风吹土地般自然。我原以为，十多年不说家乡话，乍说起来肯定生涩、拗口，但想不到会如此流畅，竟如顺山而下的溪水，又如随风飘舞的柳絮，自然而然地脱口而出。

重拾乡音，爹娘最是高兴，至少他们不必在人前替我圆场了。重拾乡音，邻家的老人们并不感到意外，他们会心一笑，那成竹在胸的睿智神情仿佛是在说："孩子，你长大了，从村子里出去的年轻人都曾经撇掉过乡音，可是等他们长大后又无一例外地拾回来了。"

乡音，是我们这方水土的文化传承，是我们的根。

也许，在我们的血脉里就流淌着我们的乡音。这种乡音，与生俱来就属于在这块土地上繁衍生息的人们。

爷爷说:

人老了,对晚辈总是有用的……

越老的人越是家里的福星。

一个关于孝道的故事

◎ 月 方

小时候，夏夜纳凉，爷爷喜欢给我们讲这样一个关于孝道的故事：

一对夫妻父母早逝，家中无长，憾缺承膝之欢，妻子便责令丈夫外出寻亲。另外一对夫妇，家中有一耄耋老母，口流涎眼生疮，越看越令人生厌，于是妻子责令丈夫将老人送至野外，盼其"自然"死亡。

不孝之子反复斗争，无奈"妻管严"严重，只好照办。老母被抛弃后，恰被寻亲者遇到，于是背至家中，精心侍奉。

有老人的日子没有闹饥荒，善良的夫妇种瓜得瓜种豆得豆，天气少雨，旁人无收，他们的稻谷依然粒粒饱满。如此循环，日子便越过越安稳、越过越好、越过越殷实。

爷爷说："真是善有善报啊！"

　　而送走老娘的夫妻，没有因节省了口粮而舒坦，反倒越过越紧张，最后一场天火将房屋烧尽。无奈，夫妻只好双双出门讨饭。

　　好心人家富足，决定放粥三天救济周边穷人。第一天从队伍的东首发放，排在队尾的忤逆夫妻没有分到；第二天，忤逆夫妇赶了个大早抢至东首，但好心人家考虑到前一天西首的人没得到就从西边放起，忤逆夫妇又没得到；第三天，好心人家从两头放起，费尽心机排在中间的忤逆夫妻又没得到！三天没有分到一粒米，好心人家甚觉愧疚，就把他们请至家中，预备食物招待。忤逆夫妻走进好心人家殷实的堂屋，发现自家耳不聪目不明却满脸红光的老母，顿时羞愧难当……

　　爷爷说："人老了，对晚辈总是有用的……越老的人越是家里的福星。"

　　这样的教化故事带有太多的离奇色彩，爷爷的思想里也掺杂了太多的因果报应，我读书比他多，自然不全信。但我相信那句话：人老了，也是有用的。

　　不谈其他，只谈夫君家年近九旬的祖母。在我们全家离开的日子，她老人家每天从大伯家赶过来照看我们的院子。鸡来赶鸡，狗来撵狗，碰到陌生人进来了，还能瞪着昏花的老眼骂上几句，实在无事就扫上两帚……一把年纪，却保持了我们老家院子的整洁与安宁，同时赐给我们后人一种对家的向往和亲近。

　　后来，奶奶越过越老，越过越糊涂，不认识邻居，不认识亲友，甚至不认识自己的儿子。但我那不常回家的女儿走至她身边时，她却惊喜不已，伸出枯瘦的手摸摸女儿花一样的脸蛋，混浊的眼睛里满是慈祥："这不是我们家的孩子嘛！"这样昏聩的老者，有时如老僧入定，有时如大仙跳场，有时如巫师宣法，但她见到亲人的这一句话，使我立即感受到了一种骨肉亲情，我这个孙辈媳妇立即拥有了家族的回归感。看来，老人的一句话抵得上一本书的宣传教化啊！

5岁的女儿说："太奶奶什么也不晓得了，没用了，要死了。"童言无忌，一家人都发笑，而我赶紧制止："太奶奶有用。太奶奶往那儿一坐，一个四世同堂的家就成立了，一颗漂泊不定的心就安定了，一段匆匆赶路的旅程就完整了。"逢年过节，家中有一高寿老者硬朗地坐着，就彰显出家庭的安然、宁静和吉瑞。这样的气氛，对联贴不出，窗花剪不出，鞭炮的轰鸣创造不出。所以，怎能说太奶奶没用呢？

因为奶奶的存在，我的公公婆婆需要定期回家照顾，年过半百的他们搀扶着走过许多路，经过很多事，现在又一起回家照顾老人，共同的担子愈发凸显出他们相濡以沫的感情。

奶奶年轻时对我婆婆很苛刻，而现在婆婆不计前嫌，替她洗头洗澡剪指甲。老人家清醒时说尽好话，为当年事羞愧不已。婆婆听了自然舒坦，多年的心结也因此而打开，心结打开了便愈发活得轻松愉悦。而我们晚辈看在眼里记在心头，对待他们也尽心尽力。这样的良性循环，不能不说是一种善报，就像故事中的好心夫妇。

所以，那个关于孝道的故事，我会继承爷爷的习惯，继续讲，讲给我的弟妹听，讲给我的女儿听，现在写下来，讲给亲爱的你听。

二十年弹指一挥间，讲故事的爷爷早已作古，但爷爷的那句话依然是至理：善有善报。

我相信。聪明的你也一定相信！

浓淡父子间

◎ 口述 陆善真　　整理 韩春丽

　　陆善真，国家女子体操队教练组组长，著名教练，曾培养出奎媛媛、毕文静、刘璇、程菲等多名世界冠军。2006年10月19日，中国女队在丹麦体操世锦赛上获得了分量最重的团体金牌，实现了53年来几代体操人的夙愿。

　　10月27日那天是周末，我到家时已是晚上。儿子在自己的房间里写作业。我悄悄在客厅里坐下，示意爱人不要声张。儿子读高二了，学业繁重，打扰不得。可自从19日在丹麦获得女子体操团体金牌，实现了53年来几代体操人的夙愿，我还没有见过儿子的面。因为24日回国后，便去了天津做封闭总结，今天才回来。

　　坐了没多久，儿子走出房间，见到我，他惊喜地瞪大眼睛扑到我面前："祝贺你，老爸！"然后便黏在我身边，没有更多话语。

　　性格温和内向，这是我们父子俩的共同标签。虽然我们从不滔滔不绝，但是，我非常明白儿子此时此刻的心情：在他心目中，又多了一分对老爸的崇敬。

关于这一点，在他上小学时就有了记录。语文课上，他刚学造句时，以爸爸为荣就成了他的主题。"我今天特别自豪地看到爸爸拿了金牌。"这样的造句，让老师都忍俊不禁。实际上，是他老爸的学生拿了金牌。

如今儿子已经长成 1.78 米的大小伙子了，可是我们父子俩在一起的时间还不及我跟队员在一起的时间零头。一年到头，我都在训练比赛，只有周日才能休息。而这一天，可能儿子还有他自己的事情。

我爱人是国际健美操裁判，也很忙。所以，一家人凑在一起的时候不多，夫妻携手带孩子去玩的机会更是少之又少。我常听到朋友感叹，说我儿子太可怜。

我总是立刻反驳，那有什么可怜？他失去了这些，但收获了其他，比如很强的自理能力。儿子从 3 岁起就开始自己洗澡，上学了脖子上挂着钥匙，家里没人的时候，他自己做饭，蒸包子煮饺子他很早就学会了。每当我们出差回来，他都会把家里的地拖一遍，以示迎接。

我们放手让他做 DIY 族，源于他生性乖巧稳当，更源于我的指导思想。我所带体操队的小姑娘们很小就离开了自己的父母，留在她们童年和少年记忆里的，更多的是枯燥的训练。站在教练的角度，我当然希望她们全身心地投入训练和比赛，但站在为人父母的角度，我觉得孩子在不同的年龄段应该享受那个阶段特有的乐趣。

正是基于这种认识，我对儿子的教育方针从来就是顺其自然。小时候，他喜欢弹弹子、抓蟋蟀，由他去。上小学了，他想打球，想练田径，让他去。只要他愿意干的事，我一概放手让他去。

很多孩子在学习之余都报这班那班的，儿子从小到大，我从没让他上过任何班。我记得很清楚，唯一一次强迫发生在游乐园。他12岁那年，有一天，我带他去游乐园玩。看到许多孩子在玩过山车，儿子怯生生地想绕着走。我拉住他说："男子汉应该无所畏惧，你这样怎么行呢？我以前从未强迫过你，但今天你一定得体验一次惊险！"我陪他走到入口处，让他自己坐了上去。不一会儿，过山车停下，他走了出来，脸色煞白。我走上前问："感觉怎么样？"他半天没说话，最后只说了一个字："值！"言语不多，但他显然明白了我的良苦用心。惊险、恐惧也是人生中必须品尝的滋味啊！

儿子初中考上了海淀区一所重点学校。我们家住南城，离学校很远，按我们家当时的条件，完全可以买车接送他，但我们并没有买。每周末回家，周一返校，儿子都是乘公交车。常常是下午5点放学，8点多天很晚了他才进家门。

我曾问过儿子："苦吗？"儿子说："你的队员叫过苦吗？"儿子的话，让我感动了很久。

这么多年，我也常听到这样的疑问：你培养了那么多世界冠军，怎么不培养培养自己的儿子？是不是舍不得让自家孩子吃苦啊？

其实不然。经得住苦累是人生的必修课。但是顶尖的运动员，绝不是单靠苦练取得成功的。如果日夜苦练，一定浑身伤病，所以越是苦练的运动员往往越早被淘汰。成功不只是靠吃苦，更要靠天赋，这就是现代竞技体育。

我儿子从小在自由自在的环境里任意发展，可我并没发现他有多少运动天赋。只是因为他妈妈总是在家里说健美操这个话题，一来二去的，儿子对健美操产生了兴趣。初中时，他开始参加学校的健美操队。对此，我投赞成票。如今儿子已经练了几年了，平时课余练，寒暑假更是每天南城北城穿梭，加班加点地练，去年还参加了全国健美操大赛。我们不指望他取得多好的成绩，但经常在众目睽睽之下操练，原本腼腆内向的儿子，现在在待人接物方面已大有改观。

我生在杭州的书香门第，父亲和哥哥们都是读书人。不幸的是，由于种种不得已的原因走上体育之路的。到我再有受教育的机会时，我已经深深爱上了所从事的体操事业。

因此，大学就永远成了我的梦想。随着我名气的上升，社会交际也增多了。但我与人交谈时常感匮乏，似乎除了体操再没有别的话题。队员们年轻，退役后还可以再读书深造，而我已经没有机会了。所以，内心深处，我希望儿子不要再有父亲的遗憾。

再过一年，儿子就要高考了。前不久，我建议他暂停健美操锻炼，遭到儿子的反对。父亲的梦想是父亲的，儿子的梦想才是他自己的，我无权干涉。

平时，儿子很少去我工作的体操馆。逢年过节，我会请队员们到我家一起吃饭，很多年三十晚上都是在我家过的，见世界冠军对儿子来说并不是什么稀奇事。我爱人曾经逗儿子说，见到那么多世界冠军有什么感觉？儿子回答说，见得越多对老爸就越崇敬！

实际上，在学校里，除了小时候造句万变不离老爸，长大后他不再对人炫耀老爸，甚至连带"中国"字样的运动服都从来不穿。前些时候开家长会，他妈妈不在，我去了，他的同学这才知道，原来他有这个时常在电视中晃的著名老爸。儿子嘴上不说，内心却不断向我靠拢，低调做人是我的作风。因为光环是虚幻的，转瞬即逝，只有平常才是永恒。

他们来，就是为了来疼我的，
就像我疼我的儿子一样。
世间的美好，原是这样的爱写成的。

福顺只须修来 /

那些疼我的人

◎ 丁立梅

　　三月天，蜜蜂从土墙的洞里钻出来，嗡嗡闹着。柳树绿了，桃花开了，油菜花更是开得惊心动魄，铺展出一望无际的黄。上个世纪70年代的乡下，这个时候，正是青黄不接，有什么可吃的呢？没有的。

　　我去爬屋后的小木桥。小木桥搭在小河上，桥下终年流水潺潺。湍急的水流，在幼小的我的眼里，很可怕，我害怕从桥缝里掉下去。那样的害怕，最终会被一种向往抵消。爬过木桥，就可以去几里外的外婆家，外婆会给我一只煮鸡蛋，或是一捧炒蚕豆。这是极香的诱惑！

　　我很幸运，每次都能安全地爬过木桥。矮矮的外婆见到我，笑得眼睛眯成一条缝。她手里正补着衣服，或是纳着鞋底，她会立即放下手里的活儿，去灶边生火。一瓢清水倒进锅里，腾起一股热浪来，我知道，我有煮鸡蛋吃了。一脸威严的外公埋怨她："那是换盐的鸡蛋啊，家里快没盐了。"外婆挡着说："小点声，别吓着孩子。"他们在屋里嘈嘈切切地吵。我不管那些的，有外婆护着，有香香的煮鸡蛋可以吃，便觉得自己是世上最幸福的孩子。现在想来，那时我真是不懂事，不知吃掉外婆家多少盐，害得外婆一到做饭时，便受外公的责备。

记忆里，我总是体弱，常生病，一病就是半个月。这时有两个女人围着我转，一个是祖母，一个是母亲。光线微弱的茅草房里，祖母的身影隐在半明半暗中，身上有种奇异的温暖。我躺在床上看她，她端一碗水，放在门后，手里握几根筷子，蹲下身去，一边叫着我的名字，一边念叨着什么。"你们不要摸我家的梅呀，让她快快好起来，我给你们烧纸钱……"筷子终于在碗里站立起来，祖母便长吁一口气，她的祷告灵验了。迷信的祖母，用她自认为可以为我消灾解难的方法，一次次为我祷告。祷告完了，她的手，会抚过我的脸，是沙子吹过的感觉。岁月锻造使她手的肌肤很糙，却极暖。她问我："乖乖，你的病就快好了，想吃什么？奶奶给你做。"那时，摊饼是最难得的美味，我每次都会提这个要求。祖母每次都会满足我，家里没摊饼的白面，她就去问邻居借。摊饼上好闻的葱花味，香了整幢房，以至于让我觉得，生病不是苦，倒是一件十分幸福的事。

我有过几次大难不死的经历。母亲说："有一年，全村 83 个孩子都出天花了，你是最严重的一个，高烧昏迷，不省人事。医生说，没治了，让准备后事。我抱着你，七天七夜没合眼。你呀……"母亲没有继续这个"你呀"，她笑着说起另外的事，关心我现在是不是还常常熬夜。"不要熬夜呀，人吃不消的。你要好好的呀！"母亲这样说。我却在她那一句未完的"你呀"后面浮想联翩，想我是这么一个难缠难养的孩子，母亲的心，不知碎过多少回。大雪天，我又突然生病，母亲顶着风雪去找医生。

医生来了，说，不行，得赶紧送街上的医院。街离村子有几十里路，父亲又不在家，风大雪大的，母亲却决定一个人用拖车拖我去医院。母亲就真的上路了，用被子把我里三层外三层地裹好。一路上，母亲不知跌了多少跟头，我却安然无恙。到了医院，医生看着雪人一样的母亲，感动了，立即给我检查，是急性肺炎，晚一会儿，就难治了。我的病好了，母亲的额上却留着指头长的一道疤，像一条卧着的小蚕。我抚摸着母亲的那道疤，问母亲后悔生了我不。母亲嗔怪地打掉我的手，说一句："你呀……"

父亲也会跟我说"你呀"，是说我成长中的种种让人不省心。求学时，转过不少学校，听说哪里教学条件好，就闹着要去。父亲为此跑断了腿，风高月黑，还骑辆破自行车到处奔波，托人帮我找关系。青春期，爱情成了一件磨人的事，疼痛的心，无处可依。月夜独坐外头，父亲跟出来，坐我身边，跟我讲我小时候的趣事，他在一边呵呵笑，说："你小时候，真是一个可爱的丫头，这样的丫头，怎么会没人疼呢？我相信，你会找到一个疼你的人的。"心竟在那一刻平静。我也笑，觉得即使天塌下来，也还有高个子的父亲顶着，我怕什么呢？没有什么可怕的了。

结婚了，遇到的那个人，不是貌若潘安，才似柳永，却会在我生病的时候，守在身边，给我削梨子；会在我磕疼的时候，一边给我揉瘀血的膝盖，一边嗔怪："怎么这么不小心？"他会买我爱吃的鸡蛋卷回来，还有我喜欢的花花草草，摆一阳台，我还是不满足，说还要，他答应一声："好。"有时会明知故问："你宝贝我吗？"他笑着答："我不宝贝你，还能宝贝谁呢？"时光刹那间停住，天荒地老。

现在，我在织一件毛衣。入冬了，儿子的毛衣嫌短了。我挑橘黄的颜色，选一种小熊猫的图案，这样织出来，一定非常漂亮，儿子穿上，会极帅气的。儿子在一边看着，问："妈妈，是给我织的吗？"我答："不给你织，给谁织呢？""那么，妈妈，你是宝贝我的吗？"我答："我不宝贝你，还能宝贝谁呢？"思绪就在那一刻拐了弯，生命中那些疼我的人，一一浮现出来。我痴痴地想，他们来，就是为了来疼我的，就像我疼我的儿子一样。世间的美好，原是这样的爱写成的。

如今，我的外婆和祖母，都已去世了。值得安慰的是，她们走时，我在她们身边。她们看着我，最后疼爱的光亮，像淡淡的紫薇花瓣落下，落在我的脸上，留在这个世上。

一茬一茬的月光

◎ 佛 刘

　　从姑姑家出来，天已经完全黑了。姑姑送到大门口说，这么黑的路，要小心。父亲说，姐，你回去吧，有月光呢。我抬头看看月亮，虽然还在东边斜斜地挂着，可是已经有浅亮的光线了。月光笼罩在村落的上空，有一些朦胧。

　　上了路，自行车在坑坑洼洼的乡路上颠簸。好几年没在这样的路上骑车了，技术不免有些生疏。父亲大概也感觉到了，说，我们下来走一会儿吧。我说不用。父亲坐在后车座上，两只手紧紧地抱着我的腰。我感受到了父亲两手的温度。我长这么大，父亲还是第一次在自行车上抱住我的腰。原来他都是双手握着后车架的，而现在，他亲昵的动作让我的心里涌起了一阵阵的热浪。

　　父亲的呼吸就在耳旁响着，我能感觉出他呼吸的温热。不知道为什么，离家愈久，我对父亲的一切就愈敏感。深夜里，哪怕他一声轻轻的咳嗽，我也会醒来，然后再在他轻轻的呼吸中睡去。父子连心，有时候我真的感受到了这一点。

月亮已经慢慢地爬了上来，广阔无垠的田野沐浴在它的光华里，显得宁静而温柔。

我说，姑姑应该不会有问题吧？

不好说啊，毕竟 80 岁的人了。父亲的语气里含着极大的担忧，你爷爷就是在 80 岁上去的。

爷爷去世的时候我刚刚 10 岁，我目睹了爷爷去世的整个过程。现在姑姑也 80 岁了，好像只是一眨眼，一代人就这么简单地过去了。每次我从城里回家，父亲总要我去看看姑姑。父亲常说姑姑是他们姐弟的旗帜，父母都不在了，姐姐就是唯一的依靠。

其实父亲也已经不小了，过了年他就该往 70 上数了，不过他自己不服老，每次我让他注意身体的时候，他就拍拍胸脯说自己壮着呢。其实每个人都知道，他的壮已是明日黄花了。

这次来看姑姑，也是父亲的意思。本来我明天就要返城了，父亲说，还是再去看看吧，你常年不在家，不知道下一次什么时候见面呢。父亲说的不是没有道理，只是没想到，姑姑正患着重感冒，无论是见面还是告别，都有了一种悲凉的气氛。

借着月光，我小心翼翼地蹬着自行车。乡村的路不好走，这是我很早以前就领教过的，只是现在载着父亲，我愈担心那一次次的颠簸。父亲的手紧紧地抱着我的腰，从上车开始就一直没有松开。

从记事起，我和父亲之间就很少有亲昵的动作了，比如别的孩子在父亲怀里撒娇，我就从来没有过。父亲对我们始终是不苟言笑的，即便是那年我考上大学，他也只是把双手举起来做了一个向下的动作，我希望的拥抱一直都没有出现。但这并不代表他的爱是微小的。他省吃俭用供我们兄弟上学，从来就没有一句怨言。大冬天的，别人都窝在家里打麻将，而他却到处给人家帮工，手上常常布满了冻疮。那年他去送我上大学，一路上吃的都是自带的馒头就白开水，却给我买了很多面包和饼干。我知道父亲的爱一直是默默的，如果不是这样的夜路，也许我不会有这样的机会。

月亮已经升起来了，银白的月光洒在路两边黑绿的庄稼上，一层一层的，错落的感觉就像事先画好了的。看着那些月光，我忽然有了想和父亲说话的冲动。

没想到姑姑都快 80 岁了，我以为她还年轻呢。我说。

怎么会呢，我都快 70 了，你姑姑比我大 10 岁。父亲回答。

我还记着爷爷和奶奶活着的时候姑姑的样子。那时候她梳着两条大辫子，一到星期六就回娘家来，我就喜欢揪她的辫子玩。

那时候你多调皮啊，父亲笑了笑，没少让我打你的屁股。

我也笑了笑，虽然我看不见父亲的表情，但我知道，黑暗中父亲肯定绽开了笑脸。

我还以为自己刚刚 20 呢。

呵呵，还 20 呢，虎子都 8 岁了，你说说你多大。

我看看路两边一茬一茬的月光。昨天的月光是这样的，今天的月光也是这样的，只是我们却不是原来的样子了。

自行车发出轻轻的声响，我和父亲的暗影在路面上轻轻地滑行。乡村的路上安静极了，如果不是这样的坑洼，我宁愿一辈子这样骑下去。

你要是累了，我们就下来走走。父亲用手拍拍我的腰。

我说不累，然后说，要是在城里就好了，有出租车。

坐出租车哪有这样好，你闻闻，这空气多新鲜。

我使劲地呼吸，潮湿的空气里似乎有月光的味道。

这就是父亲的固执之处。我曾经很多次要他去城里居住，他都拒绝了。他说还是乡下好，大家都住在一块儿，想谁了就可以去看看，到了城里就和大家远了，心里想，看不见。

我不理解父亲，正如他不理解我们一样。他不愿意离开乡村，其实是不愿意离开土地里的父母和都已至暮年的姐弟们。

姑姑 80 了，他 70 了，就连他们最小的兄弟也已经 63 了。有一次我看小叔保留的家谱，第一排是他们的曾祖，我们这一辈排在第五行，在我们下面的一排，最大的都要成家了。看着那样的排列，仿佛就是一茬一茬的庄稼，几行简单的排列，却是用时光堆积起来的。在不久的将来，就会出现一排又一排新的庄稼，而那时的父亲呢，姑姑呢？

每次回家，我都有一种感觉，仿佛有什么在对我召唤，那是父亲的，还有父亲的父亲的……

　　路已经短了，可以看见村口星星点点的灯光了。父亲紧紧地抱着我的腰，月光中，他忽然轻轻地叹了口气。他的气息拂过我的脖颈儿，竟让我感到了一片冰凉。

　　月光也是冰凉的啊！它穿越时空，一层一层地落在尘埃之上，落在我和父亲身后的路上。

一个人成为另一个人的父亲，是那样的偶然，
但他的一生因此改变。
他心甘情愿地铺在地上，垫起你愿望的脚尖。

福顺只须修来 /

我也是偶然当了你爸

◎ 南在南方

一

　　他扛着一个纸箱子走在回家的路上。五月的玉米已经长高了个子，叶子伸过小路，忽然牵了他的衣服。收了小麦的地里大豆刚冒出来，顶着两片豆瓣儿，怎么看都像是鼓掌。地头卧着的一颗憨头憨脑的南瓜也是笑眯眯的……他贪婪地看着，这样的景物他久违了，就在那一刻，浓浓的内疚涌了上来，他咳嗽起来。这一咳，一条狗吠着奔了过来，接着在离他三米开外的地方停了下来，同时尾巴热烈地摇了起来。他叫它的名字，黑背，黑背。这只叫黑背的狗走上前，在他的腿上蹭了蹭，忽然折过身子，朝着家里跑，通风报信去了。

　　一周前，他接到妹的电话，说父亲昏迷了，不会吞咽了……

那一刻，他的心像是被铅球带着往下坠。那时他刚飞到巴黎，那里有一宗业务要谈判。他说，给咱爸说要他一定等着我……

谈判需要时间，他心里像猫抓似的，恨不能拿起笔在纸上签上名字，立刻回老家见父亲。可一到谈判桌上，职业习惯立刻就回来了，时而唇枪舌剑，时而沉默不言，时间一分一秒地过去，直到第三天才算谈妥……

那个深夜，他在异国的饭店里哭了，遥远地哭了。父亲的前半生他没有参与，后半生他也很少陪伴。

而现在他稍稍觉得安慰了一点儿，父亲还在，也许是在等他。

母亲给他煮了面条，调上油汪汪的辣子，他久久不肯动筷子。他知道这一天总会来的，只是没有想到来得这么快，在没有发现癌的对症药之前，患者只能面临一种结局。他不止一次想，如果父亲非要被癌缠上，他不希望是胃，父亲是那样的喜欢食物。

他说，爸那么喜欢吃油辣子。母亲说，现在他啥也不吃了。母亲催他快吃，他依然迟迟不肯动筷子。母亲去厨房盛了一碗陪着他吃。这碗面吃得他鼻涕一把泪一把。母亲劝他不要难过，人都要走这条路的，只能安心等待那个时辰。

平常多愁善感的母亲在这时变成另外一个人，安静又祥和。

他坐在父亲的床边，把父亲的手握在手里。妹说她和母亲轮换着照看父亲，怕他走时身边没人孤单。他看着妹，还不到 30 岁的妹看上去单薄憔悴。妹那年没能考上大学，去了南方，在一家医院当了一年多的护工，和一个南方小伙儿恋爱了，最后却嫁在邻村。那时他被分到西安，恋爱了，结婚了。父亲坚决不肯去西安，怕迷路，怕花钱，怕老屋漏雨，妹只好回来了，做了父母的贴心小棉袄，这一直让他很内疚。

妹说，爸清醒过来两次。一次是说要你回来，爸说看黑娃子能不能回来，好商量一下他的后事，不要大操大办，天气热，早点让他入土，睡个安稳就行了。她跟爸说，哥在法国。父亲"哦"了一声，又昏睡了过去。第二回醒过来，伸手指了指那个匣子，说要和他放在一起的。

顺着妹的手，他看见了那个匣子，薄薄的，四个角镶了铜，上面挂了一把小锁。在他幼时的记忆里，父亲在这个匣子里放些要紧的东西，账目、钱什么的。不过，他从来没有打开过，因为钥匙一直放在只有父亲知道的地方。

他问妹，你知道里头装的是啥不？妹摇摇头。

二

人都是要死的。他回去那天晚上，很多邻里来看父亲，来看他。他们差不多都重复着这句话，劝他节哀。然后长辈们回忆了父亲的点点滴滴，有些像追思会，这有些荒诞。回忆了一阵子，就开始谈论身后事了，老衣是否准备停当，纸钱是否准备充足，给他穿好点，他勤俭了一辈子，走时穿好点，多带些钱，那边也要过日子。事无巨细，他用笔一一记下。有人提议给父亲请歌师唱一场，说是父亲喜欢听的。最后，一位长辈问他请了几天假，他说了。长辈叹息一声说，你爸等了你这么久，你回来了，他也该走了。然后郑重地告诉他，你爸走时，一定要脱下你的衣服给他穿上，免得他冷……

夜深了，邻里陆续散去，他执意要妹休息，今夜由他来看护父亲。妹不肯离开，躺在躺椅里，和他说话。妹问了嫂子和侄子的情况，他一一回答。末了叹息一声。妹本来想说要是你们一家三口都回来，爸就心满意足了，话到嘴边，又咽了回去。

他看出了妹的心思，说本来是要一起回来的，可孩子的课怕落下了……他想起了父亲第一次、也是最后一次上西安时的不愉快。那时他们刚刚搬进新家，父亲别着旱烟袋穿着黄胶鞋，挎着一个蛇皮袋子来了。其实父亲有好衣服，也有皮鞋，可他偏偏这身打扮，为什么呢？原来蛇皮袋里装了一万块钱，父亲觉得这身衣服不起眼，安全。解开蛇皮袋子，父亲把钱倒出来，有一百元的，也有一角的，很大一堆。父亲说这是他和母亲一辈子的积蓄。父亲说，买房子是大事情。

他想让父母来安度晚年，妻子是欢迎的。只是他没有想到，这次来西安却让父亲不高兴，当然他妻子也不开心。

最先是因为父亲吸旱烟，很呛人，抽纸烟他又不习惯；还有就是父亲吃饭时不肯坐在椅子上，他习惯蹲着；再接着父亲进了他们卧室的卫生间，父亲不习惯坐便器，就蹲在上面。这让妻子不高兴，可也没有说出来，只是跟他埋怨。直到那次父亲把一个收破烂的中年人领回家，妻子下班回家见二人盘腿坐在沙发上家长里短，就埋怨了父亲几句，说，爸，你又不认识他，就敢带他回家？父亲辩了一句，那人的家离老家只百十里路嘛……

这事发生的第二天早上，父亲要回家，很坚决。他不停地劝慰，父亲说他没有生气，就是想回去了。

回到家里的父亲，只是说西安如何好看，儿子和媳妇如何和睦。还说，回头去西安了，一定要到公园里看看的。

可父亲再也不肯去西安了，母亲故意憋他，在西安待了半年，他和妻回来接他，妻子后来跟父亲赔了很多不是，他就是不去，其中一个理由是，他走了，黑背就成了野狗，都在一块儿待了十年了……

村庄的夜晚，安静得像一个伤口。

三

妻子带着儿子在他回来后的第三天回来了，这让他很欣慰。奇迹也出现了，父亲清醒了，眼睛亮闪闪的，缓缓地注视着床前的他们。他抓住父亲的手说，爸，我是黑娃子啊。父亲张了张嘴，可是什么也没说出来。这个过程稍纵即逝，父亲是不舍的，可这一回父亲坚决地离开了。哭声飞快地传出了窗口，邻里的脚步声由远及近。

他飞快地脱下衬衣，往父亲身上穿。父亲瘦得只剩一把骨头了，他第一次清楚地看到父亲的身体，膝关节错位，那是他高中时候父亲挖草药时摔坏的……

他要给父亲穿上他从法国带回来的名牌西服，可母亲不同意，她要给父亲穿她缝的长袍。母亲说，那时我给他纳过第一双鞋垫，现在他也要穿上我给他缝的最后一件衣裳。

他拗不过母亲，在入棺时，他将那套西服放在父亲身边。那一刻，他想把所有的东西都给父亲……棺盖最终盖上了，父亲就此与他们阴阳两隔。

入夜，歌师来了，他们来唱歌："人生在世浩浩荡荡，苦挣一份家当。正好享福，寿又不长。莫要眼泪汪汪，细听歌师说几个比方。哪有万岁不死，哪有少年不亡。昔日有个关云长，过五关斩六将。过黄河，收周仓，大英雄怎能舍得而死，舍得而亡。昔日有西楚霸王，百战百胜称豪强，到后来被逼死于乌江。这大英雄怎么舍得而死，舍得而亡……"

人们坐在灵柩的周围，听歌师唱歌，陪伴着父亲，度过夜晚。明天，父亲将要归于土地……

有老者跟他说父亲的往事，上山砍柴挖药，穿破衣服，常常让刺划破了身体。你爸说过这样一句话，皮划破了还能长，衣裳烂了没钱缝啊。又说，你爸在你动身去北京那天夜里，一个人站在院子里像狼一样哭泣。又说，那年你爸挖草药摔坏了腿，你跑到镇上窑场干活，他让你妈去找你，你说要挣钱养家，把你爸气晕了头……

他怎么会忘记呢？一个月之后，父亲拄着拐杖找到他，神一样站在窑场里看着他。他跑到父亲跟前，父亲一拐杖扫了过来，结果父亲自己重重地摔在地上……如果不是父亲的坚定，他上大学只能算是一场梦。

他一个人去了地里，四周的山静默着，像一个陷阱。这块父亲种了一辈子的土地，将迎来它的主人，像颗种子那样被种下。

四

安葬了父亲，他准备回城了。他用相机拍了父亲的睡房、茶杯、烟袋、叠得整齐的纸张……他的目光定在那个匣子上，父亲说要带走的匣子竟然还在那里。

他问母亲这匣子里是啥。母亲说是几张纸，母亲不识字。他想看看里面到底是什么，母亲从枕头下找到钥匙，给他打开。果然是几页撕了又粘起来的纸，竟然是他小时候的一篇作文，题目叫《我的爸爸》。他记起来，因为这篇作文，父亲暴跳如雷，不但撕了作文本，还打了他一顿。

这篇作文是这样写的：我爸是个农民，灰头土脸的，他总是有理由待在地里。早上起得老早，说是早上凉快，正好做活；晌午太阳大，草好死，正好做活；下午呢，他说下午又凉快了，正好做活；晚上他坐在院子里用小石头磨锄，咯吱咯吱的，很刺耳。我跟他说，你不磨了行不？他说磨光了明早好做活。

他一直待在山窝子里面，除了修襄渝铁路出去了一年多。通车那天他到了襄樊，回来说襄樊很大，他看见了车沿着电线跑，他说这条铁路有八十多万人修，我是个铁匠！他很自豪。

他会认字，在扫盲班里学的。他不知道唐诗，也不知道宋词，稍微难一点的算术题也不会，他整天都是忙他的事情。有一阵子我想让他注意我，我就捣乱，把他买回来的两种小麦种子混在一起，我想他会打我一顿，结果他没有。

我爸太平常了。要是我当父亲，我要给孩子讲故事，给孩子讲牛顿因为一个苹果发现了万有引力，我要带孩子去看天安门，我要让他骑在我的头上逛公园……

眼泪就那样流了一脸。他记得父亲无意间看到这篇作文时，打了他一顿，说儿不嫌母丑，你这是写我的大字报嘛……你怎么能这样写我……那时他上五年级，而父亲那时才三十多岁。父亲打了他，他偷偷地用棍子狠抽父亲的黄胶鞋，还不解气，弄了个铁钉把鞋底扎个眼儿，他转过身时看见父亲，这次父亲什么也没说，伸手在他头上抚了几把。后来这双胶鞋父亲穿了很久，下雨天，一只脚是干的，一只脚是湿的……

儿子喊了一声爸爸，让他从往事中惊醒。他惊奇地在那几张纸的背后看见父亲的一段话：我没见过我爸，他死时我还在娘肚子里，他没有跟我说过话，当然也没抱过我，他对于我是个名字，没有他，我不知道咋当爸，只好学着当了。我也是偶然当了你爸。

你这篇写的（得）还好，我不该打你，我争取让你当爸时，像你写的这样，能带着娃娃逛公园，看天安门，住在城里。

原来如此，父亲做到了。他记得那年高考时，作文是这样的：一棵树不能改变气候，只有森林才能改变气候，而形成一片森林又需要一定的条件。如果温度、湿度适宜，树木就迅速生长起来，形成茂密的森林……根据这段话写篇文章，他当时写了父亲，考完之后他跟父亲说了，父亲听了之后笑了，也许他是满意的。

他离开家时，带走了这个匣子。

想起父亲说，我也是偶然当了你爸，他再一次热泪盈眶。他想，一个人成为另一个人的父亲，是那样的偶然，但他的一生因此改变。他心甘情愿地铺在地上，垫起你愿望的脚尖。

我很庆幸有这样一位既传统又开明，

既严厉又温和，既勇敢又风趣，

既有爱心又有智慧的母亲。

福顺只须修来 /

儿子是母亲最甜蜜的牵挂

◎ 李开复

四十多年前，三月的台北，我家几乎闹翻了天。全家人都十分紧张，因为母亲在 42 岁时孕育了我，大家都担心高龄生产不安全。

母亲的好朋友劝她："不要冒险，还是拿掉吧。"又有人说："生出来的宝宝可能会身体弱。"还有人说："科学界研究过，高龄孕育的宝宝，低能的概率要大一些。"

母亲却非常自信地说："我的孩子个个都健康、聪明！"

有了母亲这句信心十足的话，我终于可以平安地降临到这个世界上。母亲的自信和勇气给了我最宝贵的礼物——我的生命。

童心未泯的母亲

我从小就特别顽皮，妈妈不但容忍我的调皮，而且还特别疼爱我这个老来子。

在学校上课时，我总爱动来动去，话也特别多。有一次，我竟然被忍无可忍的老师用胶带贴住了嘴，而那时，母亲正好赶来接我，撞了个正着，好尴尬！还有一次，我为了能晚睡一个钟头，偷偷把全家的钟表都调慢了一个小时，结果，第二天母亲起床迟了。但当她发现是我的恶作剧后，不但没有惩罚我，还觉得非常有趣。

我的调皮应该是遗传自我的母亲，父亲不苟言笑，母亲却常常和我们"打成一片"。有一次，哥哥和母亲两个人打水仗，弄得家里都是水。最后，母亲躲在楼上，看到哥哥从楼下走过，就把一盆水全倒在他头上。

小时候，邻居夸口说，他的水池里养了一百条鱼，我们都不相信。后来，我们几个孩子在邻居不在家的时候，去把邻居的水池放干，数一数到底有几条鱼。经我们证实，水池里其实只有五十多条鱼。但经过这样的折腾，邻居的鱼死了不少。气急败坏的邻居到我们家抗议，妈妈却一面道歉，一面偷笑，因为"数鱼工程"就是她亲手策划并带着孩子做的。

我想，只有像我母亲那样拥有一颗年轻的心，才会容忍甚至欣赏孩子的调皮、淘气吧。

和这样的母亲在一起，我们每个孩子都没有什么距离感。这么多年来，母亲一直和我们"打成一片"，我们和母亲的感情也很深很深。

让孩子成为自己的主人

当然，母亲的宽容和"顽皮"也不是没有条件的。凡事一旦和我的成长、我的未来相关，母亲就会特别重视。她要求我，只要做一件事，就一定要做到最好——在这方面，没有通融的余地。

小时候，我刚去幼儿园时，觉得一切都是新鲜的，连糖果都比家里的好吃，还有这么多同学一起玩儿。但没过多久我就腻了，在幼儿园里每天都是做同样的事。我跑回家，跟家里人说："我不上幼儿园了，我要上小学。"母亲问我："幼儿园里不好吗？""太无聊了，整天都是唱歌吃东西，老师教的东西也太简单了。"我一股脑地倾诉着。"你才5岁，再读一年幼儿园就可以读小学了。""让我尝试一下好吗？下个月私立小学有入学考试。如果我通过了考试，就表明我有这样的能力，那你们就应该让我去读小学。"这句话真管用，母亲确信我不是一时冲动。她笑着说："好吧，我明天去学校问问。"

小学入学试题对我来说易如反掌，我轻松地考完回家了。发榜那天，母亲一下子就看到"李开复"三个字在第一名的位置闪亮。母亲激动得像个孩子一样叫起来："哎呀，第一个就是李开复，你考上了！"我也激动得跳起来，抱住母亲哇哇大叫。

那一刻，母亲脸上掩饰不住的兴奋和自豪，即便是过了几十年我也不会忘记。从母亲的表情中我才知道，自己一丁点儿的小成功就可以让母亲那么骄傲。同时，这件事也让我懂得，只要大胆尝试，

积极进取，就有机会得到期望中的成功。感谢母亲给了我机会，去
实现我人生中的第一次尝试和跨越。

在中国，父母对孩子的关爱特别深，生怕孩子受一点伤害，不
愿让孩子冒险尝试与众不同的东西。其实，如今人们拥有更多的选
择，孩子从小就需要独立性、责任心、选择能力和判断力。很庆幸，
远在 40 年前，我父母就把选择权交给了我，让我成为自己的主人。

善用"机会教育"

中国人总是把"听话"当作一个孩子的优点。但是母亲不仅仅
希望我"听话"，更希望我"讲理"。所以母亲总是用"机会教育"
来让我理解怎么做人。

考入小学后，我不免骄傲。每次父母亲有朋友来家里，我都要
偷偷告诉他们我有多聪明、多厉害。

"阿姨，我已经读小学了！"

"真的？你不是才 5 岁吗？"

"对啊，我跳级考进去的，还是第一名呢！"

"那进去以后的成绩呢？"

"除了 100 分，我连 99 分都没见过呢！"

没想到，我刚夸下海口，第二周考试就得了 90 分，而且跌出
了前五名。看到我的成绩单，妈妈二话不说，拿出竹板把我打了一顿。

我哭着说："我的成绩还不错，为什么要打我？"

"打你是因为你骄傲。你说'连99分都没见过'，那你就给我每次考100分看看！"

"我知道错了。以后我会好好学习的。"

"不止要好好学习，还要改掉骄傲的毛病。别人出自真心夸奖你，才值得你高兴。自夸是要不得的。谦虚是中国人的美德，懂了吗？"

"知道了。妈妈还生气吗？"

"不生气了，要不要躺在我怀里看书？"

妈妈的气总是来得快，去得也快。我想，她这么爱她的孩子，是没有办法长时间生孩子们的气的。类似的，母亲总是抓住每一个"机会教育"的时机，并尽量用正面的例子，让我懂得做人的道理。

期望最高，教诲最深

母亲坚信我是最聪明的孩子，所以对我期望最高，管教也最严。母亲的视线里永远都有我这个儿子，而且，她在我身上使用的是一种非常标准的中国式教育——要求儿子把每一件事都做到最好。

有一次，我考了第一名，母亲带我出去买礼物。我看上了一套《福尔摩斯全集》，但是母亲说："书不算是礼物，你要买多少书，只要是中外名著，随时都可以买。"结果，她不但买了书，还另买了一只手表作为礼物送给我。从那时起，我就整天读书，一年至少要看两三百本书。当时，我看了一些西方文学的书，也读了一些中国古典文学，但对我影响最大的还是名人传记。感谢母亲的支持，我才能在小小年纪就看了这么多本书，并养成了读书的习惯。

有一次我考得不好，揣着考卷心里很害怕。突然，一个念头蹦了出来：为什么不把分数改掉呢？说改就改，我掏出红笔，小心翼翼地描了几下，"78"变成了"98"，看不出任何破绽。我心中欢喜起来，但回家的路上仍忐忑不安。到了家门口，我又掏出卷子来看了一下，确保万无一失，才轻手轻脚地走进去。

母亲注意到我回来了，叫住我："试卷发下来了吗？多少分？"

"98。"我拿出考卷。

母亲接过卷子，我生怕母亲看出修改的痕迹，但她只是摸了下我的脑袋说："快去做作业吧。"

这种事情有了第一次就会有第二次。当我再次拿起笔去描考砸了的试卷时，手一哆嗦，分数被我拖了一个长长的尾巴。这下糟了！在回家的路上，我越想越害怕。我欺骗了母亲，这是她绝对不能容忍的。我恨不得马上跟母亲去认错。在放学的路上，我心一横，把试卷扔到了水沟里。

但回家后，母亲并没有急于问起分数。在提心吊胆了几天之后，我终于憋不住了，跑到母亲面前，向她承认了错误。我以为母亲一定会狠狠打我一顿，但母亲只说了一句话："知道错就好了。希望你以后做个诚实的孩子。"

母亲的宽容和教诲直到今天我都记忆犹新。是母亲的言传身教让我懂得了做人的道理，让我知道了"诚实""诚信"这些字眼对一个人的一生来说有多么重要。

送爱子赴美深造

我 10 岁的时候，远在美国的大哥回家探亲。看到我整天被试卷和成绩单包围，承受着升学的压力，没有时间出去玩，也没有朋友，大哥忍不住说："这样下去，考上大学也没用，不如跟我去美国吧。"

母亲从没去过美国，她接受的是中国传统的教育，但却出人意料地保留了一份开明的天性。听了大哥的建议，她决定给儿子一片自由的天地。那天，母亲把手放在我头上，对我说："美国是一个伟大的国家，很多了不起的人都出自那里。你就到那里去吧。"在父母的期待和鼓励下，11 岁的我来到了美国南方田纳西州的一个小城市。在这个只有 2 万人的小城市里，来自中国的小学生只有我一个。哥哥送我去了附近的一所天主教小学。第一天入学，我就蒙了。虽然之前也学了不少英文，但我还是听不懂老师和同学们在说什么。母亲一直很担心我能否跟上进度。

还好，我不是完全的"哑巴"。有一次在数学课上，老师问 1 ／ 7 换算成小数是多少？我虽然不太听得懂英语，但还认得黑板上的 1 ／ 7，这是我以前背过的。于是我高高举起手，朗声回答0.142857142857……"当时，同学们都瞪大了眼睛，从不让学生们"背书"的美国老师也惊呆了，几乎认为我是"数学天才"。

虽然我并不是数学天才，但是，当时年纪小，还是感觉很得意。回家后，我开心地告诉母亲我当天在课堂上的表现，母亲显然比我还兴奋，因为我终于开始一点点地适应这里的生活了。

母亲一直不懂英语，但她每年都会花 6 个月时间在美国陪我读书。这种陪读生活延续了整整 7 年。在每年陪读的 6 个月里，母亲要默默忍受语言不通、文化迥异的生活环境，而在她返回台湾、与我分别的 6 个月里，她同样会为我的学业操心。

为了感谢母亲，我在她 60 岁生日时，画了一张卡片给她，卡片上写了一首感谢母亲的诗，还画了一束康乃馨。这张卡片，她至今仍放在床头。

别忘了你是中国人

我在美国的第一年，母亲陪读 6 个月后，虽然放心不下我，但还是牵挂着家里的事务没人料理，只好把我托付给哥哥嫂嫂。临走前的几天，母亲一直在叮嘱我，回家记得做作业，背英文，听哥哥嫂嫂的话……上飞机前，她又郑重地对我说："我还要交代你两件事情。第一件就是不可以娶美国太太。"

"拜托，我才 12 岁。"

"我知道，可美国的孩子都很早熟，很早就开始约会，所以要早点告诉你。不是说美国人不好，只是美国人和我们的生活习惯和文化都不一样。而且，我希望你做个自豪的中国人，也希望你的后代都是自豪的中国人，身体里流的是 100% 中华儿女的血……"

"好的，好的。飞机要起飞了。"

母亲拉住我的手说："第二件事，每个星期写封信回家。"

没想到第二件事情这么简单。我爽快地答应了。

母亲走后，我突然发现自己一下子变得特别特别想念台湾。我想起了小时候家里 7 个孩子热闹的情景，还有盛夏的台北走街串巷的小贩推着车子叫卖着冰激凌和煎饼的声音。我更怀念母亲，常常想到我最喜欢的事情——躺在她的怀里看书。

我不好意思跟哥哥说我想家，我只能努力去学习英文。后来，老师发现我这个听不懂英文的中国孩子有良好的数学天赋，就鼓励我参加田纳西州的数学比赛，结果我得了第一名。我在美国接受的教育以表扬和鼓励为主，这让我信心十足，在我幼小的心灵里播下了自信和果敢的种子。凭借着自信和勇气，我很快克服了语言障碍。两年后，在一次州级写作比赛中，我居然获得了一等奖，当地的老师十分惊讶——这个刚适应美国生活的中学生居然还有人文方面的天赋。

我每周都写信把自己在学习上取得的进步告诉母亲，而且每封信都是用中文写的——因为这是我答应母亲一定要做到的事。

我在学习英语的同时，中文始终没有落下。我不得不感谢母亲的叮嘱——如果不是在那些年里每星期给母亲写一封中文家书，也许童年时所学的汉字早被 ABC 侵蚀了。即使母亲不在身边，她依然关心我的学习和进步。每星期寄回去的信，她都会一个字一个字地看，帮我找出错别字，并在回信中罗列出来。母亲的认真劲儿深深地感染了我，每次写信时我都要求自己认真一些，少写错别字。而且我会到处去找中文书籍来读，以免让我的中文永远停留在小学时的水平。

后来，我终于明白，母亲临走时叮嘱我的两件事不单是简单地希望我娶中国的女子，会中国的语言，更蕴含着一种浓浓的家国梦，深深的中国情。母亲用各种教育方式，潜移默化地将中国的文化和思维方式根植在我身上。由于母亲的影响，无论我身在何处，我都会关心中国正在发生的一切；无论我工作有多么忙，我都会抽出时间帮助中国的青年学生——因为那里有整个家族传承下来的信仰和光荣，因为母亲不止一次提醒我说："别忘了你是中国人。"

儿子是母亲最甜蜜的牵挂

有人说，子女是父母最甜蜜的牵挂。对此，我以前还不大理解。当我有了孩子后，我真的体会到了这一点，也因此而特别怀念那一段母亲把我揽在怀里的岁月。其实，每个人不管年纪有多大，他始终是母亲的孩子。无论我在事业上取得了什么样的成就，在母亲眼里，我还是她的幺子，还是让她魂牵梦萦的牵挂。

1989 年的一天深夜，我在美国突然接到妈妈的电话，她问我大地震对我有没有影响。我对她说："地震发生在加州，我住在宾州，那是几千里之外呢！"妈妈并不知道美国到底有多大，但一看到大地震的新闻，她第一个想起的就是远在美国的儿子。

2005 年，当我离开微软加盟 Google 时，微软公司决定起诉我，我知道我有麻烦了。深夜里，我佯装镇定地打电话给母亲。在电话那一头，她坚定地告诉我："一切都会没事的。不管你做出什么样的选择，我都站在你这边，你永远都是最棒的。"

隔着太平洋，我强忍住感动的泪水，没有在电话中失声痛哭。但放下电话后，我就再也忍不住了。我无比感动并深深地自责。感动的是母亲对我的真诚支持，自责的是我还需要母亲为我的工作操心。

其实，除了我之外，母亲对她的另外 6 个孩子和十几个孙辈，慈爱之情一样厚重。母亲常常骄傲地说，她最大的财富就是她的 7 个优秀子女。母亲最高兴的事，是一大家子人团聚在一起。这种最浓最浓的亲情是任何时候、任何情况下都无法被隔断的。

我很庆幸有这样一位既传统又开明，既严厉又温和，既勇敢又风趣，既有爱心又有智慧的母亲。她的教育既有中国式的高期望，也有美国式的自由放权；既有中国式的以诚待人，也有美国式的积极进取。如果说我今天取得了一些成功，那么，这些成功都来源于母亲的教诲、牺牲、信任和支持。

感谢时刻牵挂着我的母亲！

车过长江大桥时，

父亲笑着说，这城里路太多了，

一个人有一条回家的路就行了。

福顺只须修来 /

天下的父母都睡在一起

◎ 南在南方

一

　　接到电话之后，父亲就要开始训练母亲。母亲说大白天的很难为情，父亲也没逼她，就把训练放在晚上，关了院子门之后。

　　父亲先在地上钉了三根木棍，又挂了三个脸盆，一个红的，一个黄的，一个绿的。父亲眯着眼睛笑了，拿着手电筒照着脸盆，训练内容很简单：红灯停，绿灯行。还老念叨着一句话："过马路左右看，要走人行横道线。"

　　母亲走着走着就走神了，父亲的手电筒照在红盆子上时，也没停下，这让父亲很生气。父亲说，你晓得啥是车祸不？你不顾惜自个儿，回头你还要接送孙子哩。

　　父亲这样一说，母亲就打起了精神，训练了一个星期，没出啥差错，父亲开心地说，这下你能进城啦。

父亲跟母亲说黄鹤楼、长江大桥的名气，说去了要去看看，那可是大景致。母亲不感兴趣，末了，又说起家里的牲畜，说鸡圈得收拾了，开了春麦子正长，鸡跑到地里可不行；说母羊有崽时，不能抽它，拿鞭子吓它也不行；说鸡刚下蛋喜欢叫，你不喜欢听，也别死掸，它跟女人坐月子一样嘛……

父亲说耳朵都起茧了，母亲就不说了，东看看西看看，看什么都用力。父亲说，上汉口是好事嘛，自从儿子在那里念书你就盼着去嘛，这咋没动身就一脸的惆怅？

母亲叹一口气说，这进城啊，就像当年出嫁一样，心里空落落的。

这话让他们笑了起来，暮色就下来了。

夜里，母亲说，以前人家羡慕咱，儿女都有出息都在外头工作，现在咱羡慕人家，儿孙都在身边，热闹啊。父亲说，咱们养了两个客嘛，时常打电话，过年才上门。

没想到这句话让母亲抽泣了起来，父亲立刻换了话题，说起孙子东东的可爱，这才止住了母亲的哭泣。

那时候，还是 10 月，儿子打电话说，等过完年想接他们来汉口，东东要上幼儿园了，要人帮着照看，再说他们辛苦了一辈子，也该清闲了。

地里的庄稼，家里的猫狗，村里的人情往来，没有一样能撒手不管的，这决定了两人一同去汉口不可行，最后决定让母亲去。

儿子不知道这个电话让心平气和的父亲母亲慌张起来，倒计时一样数着日子。

二

父亲没有想到过完年，上汉口的人选变了。改变人选的是孙子东东，原因很简单，因为父亲会做木手枪和竹子水枪，这在东东眼里像是变魔术，爷爷太神奇了。临走那天夜里，哭着要爷爷去，怎么哄也不行。

母亲说，那你就去嘛。父亲张了张嘴，想说他又不会做饭，不会洗衣服。可啥也没说，抱起东东说，爷爷跟你去。

母亲把装好的换洗衣服从包里拿出来，父亲呆呆地看着母亲，母亲回过头看看他，也没说话，只是安静地帮他收拾衣物。

过了一会儿，母亲说，去了记着自己洗贴身的衣服，年轻人喜欢干净，咱一身的暮气。父亲点头。母亲说，晚上莫要老看电视，儿子媳妇上班都累，电视吵人。父亲点头。母亲说，见了亲家要客气，不是人家帮着，儿子也住不上新房。父亲点头。

那天夜里，父亲母亲没睡着，好像有说不完的话。天快亮时，父亲幽了一默，说咱俩就像原来生产队的耕牛农具，包产到户时，让人给分了。母亲也笑了，你成了抢手货了……

坐汽车到县城，再转汽车到十堰，再坐火车，跟着儿子一出汉口火车站，眼前的人流让父亲腿软了一下，他下意识地抓住儿子的衣角，不过，又立刻松开了。

儿子明亮干净的房子一方面让父亲迈不开脚，一方面又让他高兴，原来儿子住的跟电视里的一样好。儿子看出来父亲很拘束，让他就像在家里一样，想咋样就咋样。儿媳也说是啊是啊，不过，提了一个建议，不在家里吸烟，还说了几句二手烟的危害。父亲点头称是。

在汉口的第一个晚上，父亲没能睡着。虽然垫着电热毯，可还是觉得脚冷。其实不是冷，而是身边少了母亲温热的身体。

父亲准备洗碗，准备拖地，儿子儿媳让他歇着，和东东玩。父亲着急了，一天啥都不让做，太不像话了，于是就把陪孙子玩耍当正事了，给东东当马骑，陪他藏猫猫，东东开心坏了，他也开心坏了。

父亲给母亲打电话说过的是神仙日子，头一回卧在浴缸里差点睡着了，只有一点不好，就是儿子啥都不让他干，当他是客人似的。母亲在那边笑，直说他是老鼠掉进米缸了。

东东上幼儿园了，父亲正式进入角色。幼儿园离家一站路，走10分钟就到了，和东东招手再见，父亲朝回走，在小区院子里坐一会儿。树开始发芽了，他想了想麦子的长势，突然想起来，他到底没有收拾鸡圈，想着一群鸡争着像吃面条一样吃麦苗，母亲着急的样子，他笑了。

三

　　每天，父亲都想跟母亲打电话，打了几回之后，母亲说，太费钱了。父亲说，那你打过来啊。这有点撒娇的语气让母亲笑了，要他啥也不要操心，地里的活儿做不过来会请帮工，让他安安心心待在汉口享福。

　　可父亲的心很难安定，老想着可能过些天会好些。每次送完东东回到家里时，心总是莫名地一沉，会在电话机旁边坐一会儿，出一会儿神，有时会拿起话筒听一听，话筒里有静默的电流声，然后在阳台上抽支烟，朝远处看看，也分不清东南西北。

　　父亲不会说普通话，也不会说武汉话，有时在院子里想跟人聊聊天，可人家好像总是听得吃力，他也说得吃力，只好沉默着。儿子他们说普通话，偶尔儿子会和他说一阵老家话，可是儿子忙，像野人一样，早出晚归，像山歌里唱的，拉句话儿也难。

　　总是有些进步的。父亲会用煤气灶了，会用洗衣机了，特别是会做饭了。他想煮稀饭，结果太干了，他放点面条放点青菜，竟然做成了老家常吃的米儿面，东东喜欢得不得了。儿子儿媳也喜欢，因为让东东吃饭，一直是个难题。

　　这让父亲觉得自己还是有些用处的。可有一回还是犯了错，洗衣服没发现有件衣服褪色，结果把洗衣机里的衣服都染了，虽然儿媳没说什么，可他内疚了很久。

　　母亲终于打来了一个电话，说是买了20只小鸡，清一色的白，听说能长成大个子。雨水不错，苞谷苗子出得齐整。然后母亲说，你也不打电话回来……

父亲说，你不是说打电话费钱吗？母亲说，那你不会在儿子打电话时接过来说几句话吗？他扭捏了一下说，我就是怕娃觉着我……想你。母亲笑骂他不正经，这才进城几天就学城里人说话啊。他笑说，有人说老妻、老狗和钱，是这世上最忠实的三个朋友，我就是差点钱了。

说完这句话，父亲灵光一闪，他想他可以搞点副业了。于是，他从幼儿园门口捡起了第一个瓶子，从此一发不可收拾。

生活中不是没有瓶子，而是缺少发现的眼睛。父亲慢慢地被瓶子牵着，脚步走远了，虽说有些胆怯，可更多的是欢喜，来回 2 个小时，交到废品站最少也能挣 2 元钱。

父亲神气极了，坐在公用电话房里跟母亲打电话，说打 1 分钟只要 2 角钱，2 个瓶子就够了。母亲夸了他，要他过马路左右看，要走人行横道线，又说看了天气预报，武汉的天气好，又说那群小鸡长得快，她给它们起了名字，都叫老白。

父亲哈哈笑了起来。

四

父亲没有想到捡破烂时会遇到亲家母，当下都有些尴尬。父亲以为晚上儿媳会跟他说点什么，可是没有。等他睡下了，儿子坐在他床边问他，是不是一个人在家里太闷了？他说，好着呢。儿子也没多说什么，在他床头放了400块钱，拍拍他的背就走了。父亲一下就难过了，想着儿子在老家给他争了光，他却跑到城里给儿子丢了脸。转念又想，破烂也得有人捡嘛，又没偷没抢。

这样一想，父亲决定明天还去捡，好像跟亲家母对着干似的。亲家母还在上班，洋气得很，有时会过来跟他聊天，老说乡下空气好，城里没啥好处，光吸二氧化碳，想找说话的人都难，等她老了要去乡下住着，然后羡慕他在乡下有房子。又说，老年人跟年轻人住一起受罪。话都是大实话，可他却听出了弦外之音，他不知道这是她的想法，还是儿媳的想法……

父亲又捡了几天破烂，就不得不停下。因为幼儿园的小朋友跟东东说，你爷爷是个捡破烂的。东东很生气，后果很严重。

在饭桌上，儿媳请求父亲不要再捡了。父亲说，再也不捡了，我这是有福不会享，农村话就叫狗子坐轿子，不服人抬嘛。他的自嘲，惹得东东笑了起来。

父亲把那些零钱一张一张理好，给东东买了一个变形金刚，又悄悄地给母亲买了礼物。

父亲的心随着麦子抽穗摇动起来，母亲说今年小麦长得好。他说他的手都痒了，他喜欢把庄稼抱在怀里头。母亲让他等东东放暑假了，跟儿子请个假回来。父亲说，我现在就想回来。父亲说话拖着长长的尾音，母亲听出了异样，一个劲儿劝他要坚持……

父亲就坚持，却不想又是东东改变了他。

那天给东东分床，虽然以前多次说过，可等到要他一个人睡时，不说话，只是哭，哭得惊天动地，大声喊道，为什么我一个小孩一个人睡，你们大人却要两个人睡？

他妈妈说，因为世上所有的爸爸妈妈都睡一起啊。没想到这句话引来更大声抗议，那为什么爷爷就没跟奶奶睡在一起？

这句话，让他们都愣住了，谁也没有说话。东东也哭累了，睡着了。

两天之后，儿子决定送父亲回家，车过长江大桥时，父亲笑着说，这城里路太多了，一个人有一条回家的路就行了。儿子看着父亲，此刻的父亲像个哲人。

虽然电话上已经说了，可父亲突然回来还是让母亲有点不安。儿子给母亲准备了很多礼物，父亲从包里掏出那条被包得严实的裙子说，你这辈子还没穿过呢……

夜里，母亲问父亲，你是不是讨人嫌才被送回来的？父亲说，也不是，世上所有的爹娘都要睡在一起。

清晨，母亲放鸡，20只云朵似的鸡亦步亦趋地跟在母亲身后。母亲给它们喂食时说，老白，你们别抢，慢着吃啊！

儿子忽然眼热，因为母亲一直叫父亲"老白"。

她的摇椅你别坐

◎ 李兴海

　　不知从何时起，院子里的那把摇椅成了我的专属。以前，这个位置本是我母亲的，后来我结了婚，怀了孩子，就经常躺在那儿看她择菜。久而久之，就成为一个习惯。饭后，有事没事都去那儿躺一会儿。

　　转眼，女儿16岁了。和大多数同龄的孩子一样，她爱玩游戏，爱打扮，甚至，有着萌动的少女情怀。

　　7月，顶楼上的桂花树开花了，花儿如米黄色的繁星，细密地点缀在绿叶之间。

　　阳光中，我站在树下，看着已经年迈的母亲在摇椅旁慢慢择菜。我的女儿，则悠闲地躺在我的摇椅上听着MP3。母亲是因为不了解，还是没看见她耳朵里塞着东西，尽顾着和她不停地说话。当然，我的女儿听不到她的唠叨，全然沉浸在流行音乐的小小世界里。

　　于是，这么一个画面，就如此清晰地在我眼前定格了。不知道是多少年前，我也曾这么做过，不同的只是那时还没有 MP3，我只有一个小收音机。母亲一边择菜，一边和我说话，大抵是想告诉我，孕妇应该注意些什么。而我却没有理会她，只是躺在摇椅上听收音机，偶尔回头，仍能看到她不停翕动的嘴唇。

　　如今，轮到我的女儿来听她说话了。她自顾自地说着，我的女儿如当年的我一般"聪明"，懂得如何有效而又不伤感情地逃避。我们都不愿听她唠叨，虽然这样的机会不多，可相比之下，我们更愿意把这样的时间耗在沉睡、玩耍、发呆上。

　　猛然间，我有些伤感了。我害怕了，因为我知道，母亲终是要离开这个尘世的，变成一把黄土，或一缕青烟。那么，那把摇椅，就会成为我和女儿的。不，是女儿的。我的位置，是母亲此时择菜的位置。

　　此时，我仿佛就能看到我坐在那个矮矮的木凳上，仰视着我的女儿，尽自己的努力不停地转换着话题，试图能与她多说几句话，多了解她一些。可这些，都是不奏效的，她会用 MP4、MP5，甚至 MP6 来对付我的唠叨。她的小聪明让我汗颜，让我与时代无声脱离。

　　这把棕黑色的摇椅，承载了三代人的时光。坐在上面的人，都是正值青春大好时光，可我们对于这绚烂如花的青春都不以为意，对于身旁的亲人更加不以为然。

孩子啊，你多像当年的我，向往自由，心比天高，对大把大把光阴的流逝毫不动容。你的不以为意，太让我回忆与伤怀。

晚上，我第一次极其严肃地对家里人说，从今往后，那把摇椅只能让母亲一个人坐。女儿问我，为什么？我看着母亲说，这么多年了，是该换换位置了。

男孩子是应当有一些和女孩子不同的天性和培养方式的，

男孩子就应当像男孩子，

女孩子就应当像女孩子。

~~~~~~~~~~~~~~~~~~~~~~~~~~~~~~~~~~~~~

福顺只须修来 /

雄性的培养

◎ 何怀宏

　　如果在一个小家庭里，有了一个儿子呱呱坠地，父亲不再是这家里唯一的雄性了，他要从父亲的角度来考虑对这个男孩子最重要的事，他会把什么放到前头呢？会按照什么次序来教育这个孩子呢？

　　以下只是我的一点考虑，作为一个生活在城里的父亲的考虑。

　　我会将接触和亲近大自然放到第一位。我会尽可能早地让他在户外活动，尽早地让他见识一下外面的空气、太阳、月亮，感触一下流动的水。再大一点就背着他去爬山、远足，在农舍吃饭，看那里的小狗、小猫。等他会走路之后就更多地带他出去了，也走得更远了，并鼓励他自己走路，走各种各样的土路、山路、弯弯曲曲的路，直到他喜欢走这样的路胜过走平坦的柏油马路，直到他喜欢自己发现新路胜过走老路。要让他知道田里的庄稼是什么样的，知道挑水的井是什么样的，知道屋瓦和草棚，分辨老鹰与雨燕，见识司马光救人时砸的那种盛水大缸，知道在饥渴时像孔融一般让梨并不容易。要让他经受突如其来的山雨，在电闪雷鸣中躲避，看雨后斜阳中出现的彩虹。要让他细细观察来回垒巢的小鸟、逆水而上的小鱼，要让他不害怕在草丛里爬过的蛇，让他结结实实，能经摔打。要让他对一天、然后是四季的循环敏感，被随时随地的美感动。

我还要让他喜欢书，努力培养他保持终生的阅读习惯。这是另一个世界，是一个安静的世界、处处是"人的痕迹"的世界，是一个文化和精神的世界。书能使一个孩子遨游古今，能使一个孩子和古今中外最好的人交往，和最高的智慧接触。书带来想象，带来虚构，带来一个直接感知之外的世界。他要通过阅读来学会选择，养成鉴赏的趣味，培养格调和品位。当然，养成阅读的习惯是很难的，但一旦养成就不容易丢掉。

当然，读书也要有选择，我这里只说一点：还是应当多看一些洋溢着户外甚至荒野气息的书。我想说，一个老缠绵于《红楼梦》的男孩子是没有出息的。他甚至还不如去读读《儿女英雄传》，里面那个文弱的主人公毕竟走出去了。

有了这两方面，对一个男孩子来说其实差不多就够了，他应当可以自足，他也应当首先学会自足。但他并不可能独自生活，他也不应该独自生活。所以，他还要有伙伴。爸爸妈妈自然是他的伙伴，但他还要有和他差不多大的伙伴。他要学会合作，学会妥协，也学会斗争，学会竞争，但不是那种下三烂的乱斗，不是那种给人使绊子，也不宽恕失败者的竞争。他要学会集体的游戏和游戏的规则。他要有自己的朋友，也有自己的对手，但即便是敌手，他也能欣赏对方的优点。的确，他的伙伴并不一定要很多，如果他的天性是有点内向的话，但一定要有。要有几个最好的朋友，要告诉他结交新知，更懂得保持旧友。要有基本的同情和诚实，这是两条与人交往需要最早把握也是需要坚持终生的原则。我们要教会男孩子忍受自己的痛苦，但对别人的痛苦却不要麻木不仁；教会他们承担自己的责任并努力争取成就，但对失败者却能够理解并宽容——并不是所有的努力都能结出成果，你除了努力之外，可能还比别人更幸运。

要敢于展现自己，更要学会自己默默用力。要不怕失败，并由衷地为朋友的成就感到快乐，这样就无形中使自己快乐的源泉扩大许多倍。

或问，你怎么没说到学习那些现代化的、先进的技术和知识？的确，我是把它们放在很后的位置。我知道我抵挡不住男孩子们喜欢新鲜技术的兴趣和潮流，但我不必在这方面做过多的鼓励，更不会迷信这些手段。而且，我希望孩子们对电子、机械的兴趣不要超过对自然和书籍的兴趣，或者说，后者将是永远的底色，永远不变的陆地。也不要相信所谓"知识爆炸""信息爆炸"的说法，许多"知识"和"信息"其实只是重复，甚至是垃圾。

我在这里并不是要谈对一个男孩子的全面培养，而是特别强调对他们的阳刚之气的培养，或者也可说是男孩个性中"雄性"的培养。男孩子是应当有一些和女孩子不同的天性和培养方式的，男孩子就应当像男孩子，女孩子就应当像女孩子。当然，在男孩子中间也还会有许多细微的不同。我们得努力去认识每个男孩子的独特世界，根据他们的特殊情况，有时更重视"扬长"，有时也要注意"补短"。我们还要教会男孩子尊重和爱护女孩子，努力培养他们的一种绅士风度，告诉他们欺凌女孩子是可耻的。我希望他们在刚强中藏有一份温柔。男孩子应该蛮一点，应该经得起摔打。一个男孩子若是忸忸怩怩、哭哭啼啼，是最让人瞧不起的，但这并不意味着他应该对人野蛮，尤其不能对弱者使蛮，不能对老人、女孩使蛮。

那些抽象却温暖的品性

◎ 安 宁

年少的时候很任性，常常因为一些小事就跟朋友闹翻了，无意中瞥到朋友的一些缺陷，亦会很快心生厌恨，觉得他们背叛了自己。所以一路读书下来，并没有交到几个知心的朋友，不是彼此心生隔阂，就是自己先放弃了，再不肯低下头来，宽容或是说声抱歉。

有一次因为一个朋友举办生日聚会时忘了通知我，已经准备好礼物的我当场便说了绝交的话。回家后我愤愤地讲给父亲听，他竟非要我给朋友道歉不可。我说："为什么呢？是他先轻慢了这段友情的，我又有什么理由，不拿同样的一份忽视送还给他？"父亲白了我一眼，道："得饶人处且饶人。若是人人都像你，只关注自己的得失，那不要说朋友，怕是连亲人之间都要彼此疏远和冷漠。别总是以为自己的尊严就不可侵犯。你要是真的珍惜一个朋友，就要适时地看轻自己，将那些所谓的骄傲、不值一提的忽视、经不起岁月吹打的过失，通通丢掉，只留下朋友的好在心里。"

等到开始结交男朋友，我心底的虚荣便促使自己像别的女孩一样，挑三拣四，一心要找一个对自己千依百顺，又家境殷实到足以让自己受人艳羡的男友。但总是不如意，似乎那些上品男人早已被女孩子抢光，又不肯屈就找那些容貌或是资历差了一截的男人，便只好一路蹉跎下来。母亲替我着急，说："你想找那完美的男人，先拿面镜子照照自己，是不是值得他们来爱？你爸这辈子也没有什么大的成就，但他不是照样养活了一家人，而且供你读完了大学，没耽搁你的前程吧？天下没有不好的男人，只有不会培养好男人的女人。你要是真的想找个真心爱你的男人，就先好好去掉自己那份虚荣，想好了自己是要找个印钞机，还是找个你爸这样知冷知热的普通男人，过别人不羡慕但自己心里踏实安稳的生活。"

大学毕业后刚开始工作的两年里，我频频地跳槽。第一次是因为一个比我早来一年的同事总是有意无意地摆出一副老资格的模样，提水扫地跑腿送文件这类的活，全都理直气壮地推给我一个人做。我一气之下，就去领导那里参了他一本，而后又跟他大吵了一架，然后就不屑地丢掉了这份工作。第二次是因为无法忍受老总对自己的不公——明明业绩比另一个同事出色，他却既不给我加薪，也不给予什么奖励，甚至屡次抓住一些无关紧要的小失误，在例会上点名批评我。我再一次用辞职挽救了自己骄傲的自尊。在我第三次跳槽的时候，父亲终于发了脾气，他说："你以为你领的那份薪水是领导白白给你的吗？这里面不仅包括你应该付出的汗水和努力，也包含了你作为新人理应承受的委屈、轻视和排挤。你以为刚刚工作的你有资格去跟老同事争抢什么吗？你被人指使，遭人冷漠以待，只是说明你在工作上还不够用心。你没有用自己的成绩说服别人接纳你，却自以为是地屡屡炒别人鱿鱼，别以为这看上去风光，其实谁都知道你心里是没有底气的，你只不过是用这样的方式来掩盖你的无知和怯懦。记住了，天下没有不好的工作，只有不好的员工！"

身为"80后"的我，虚荣、高傲、自私、逃避责任；渴盼友情，又不想白白地付出；希望找到一个最爱的男人，却不肯让自己屈尊；总想着可以改变周围的每一个人，但最后却发现自己的力量微乎其微。是一生都不肯念人坏处的父母，给了我最基本的关于爱、关于生活的温暖品性，让我在20多年的人生里终不至于太过狼狈和不堪，亦可以在诚实、宽容、执着、坚持这样平实的词语的提醒下，好好地走以后的路。

河，在对面山下，没有名字。我们就叫它大河。
尽管以后我在山东看过黄河，在南京看过长江，
但心中还管家乡的这条河叫大河。

福顺只须修来 /

洗净一段旧时光

◎ 马 德

我学会走自己的路，大约就是从父亲拍了我那一巴掌开始的。

走，下河洗羊去。

父亲一撂饭碗，冲着倒在炕上歇晌的我喊了一句，并顺手从后炕的笸箩里挑了一团黑黑的东西扔给我。一看，是父亲的一条秋裤改做成的短裤。我胡乱换上，一提，裤口就兜在了前胸上。父亲淡淡笑过，一扭头，开始往河滩走。

晌午的村庄正静。几排土坯房子，低低地伏在空旷的两面土坡上，像失了生气的秋虫，寂寂的，不动。空气中散发着阳光暴晒过的庄稼和青草的味道。偶尔有一声彻彻的驴鸣，一声懒懒的狗吠，从田野深处，从巷道内里，直直地升起来或软软地荡开来。

我和父亲都赤着脚，父亲两片阔大的脚丫子，很快就在沙土上留下了两行清晰的脚印。我没有选择另走一条路，而是悄悄地跟在父亲的后头，我故意把自己的脚印叠在父亲的脚印上，深一脚浅一脚地重复着父亲的路。一些隔年的尘土在我们的身后扬起，荡动在透明而又鲜亮的空气中。

父亲走着走着，突然一转身，站定。我没收住自己，一下子撞到父亲的腿上。父亲好像突然间恼怒了，抬起手就在我的脑门上拍了一巴掌。

"走到一边去。"父亲说完后，甩开脚丫子继续往前走。这回我不敢跟在他后边，故意离开父亲一段距离。后来，我一回头，发现后边开始有了两行细小的脚印。

我学会走自己的路，大约就是从父亲拍了我那一巴掌开始的。

河，在对面山下，没有名字。我们就叫它大河。尽管以后我在山东看过黄河，在南京看过长江，但心中还管家乡的这条河叫大河。塞北的家乡缺水，遇水就觉得浩瀚，就愿意把它说大了。

远远地看过去，河滩上有不少的人。几绺细水，在太阳的映照下泛着粼粼的波光。我们要到那儿，还要穿过几个沤麻的坑，再翻过一片烂石岗子才行。这堆用来防洪的石头，此刻烫得像块烙铁。我蜷紧脚趾，弓起脚心，飞也似的跑过这片石头，然后赶紧把两片脚丫子没入水中。晌午的河水温润润的，有一种深入骨髓的熨帖与舒服。

沙滩上，父亲正找我家的羊。我家有五只羊，都白白胖胖的，此刻所有的羊都扎着堆，它们的头都掩在彼此之间的缝隙里。父亲说，羊们头都扎得低低的，谁还能认得是谁家的。我围着羊群转了一圈，突然抱住一只羊的头，朝着父亲喊，这儿有一只。父亲讪讪地笑着走过来，说你咋认得？我说这是咱家那只断腿老羊，那年冬天偷吃青草，你打断了它的后腿，我一看它后蹄子浅浅地奔拉着，就知是咱家的。父亲两腿夹着羊头，拖着羊往河里去。我接着找其他的羊。

河滩上的人逐渐多了起来，空气中开始有了一阵羊的腥臊味，还有一些低沉的号叫。我顺利地找到了其他的几只羊，一只尾巴肥大，一只塌腰，一只屁股上沾着块洗不下的羊屎，一只是胯上有一块黑标记。那些年，我正好留意观察着生活中的一些事情，并学会了暗暗地记在心里。当时也并没有起到多大的作用，顶多是洗羊的时候帮父亲找找羊，牲口野在地里不回家，我知道它藏在哪条沟岔里，和谁家的毛驴在一块。我还发现，这种时候只要牵住那头驴往回走，再野的牲口也准会一块跟着回来，生拉硬拽动粗都不顶事。我没想到，我在岁月深处拾起的这些并不起眼的东西，二十几年以后会突然金子一般堆在我的人生经验里，让我感受着不劳而获的喜悦。

与别人可能扑朔迷离的生活相比，我能轻易地抓住藏在背后的本质，而不会空做一场事，傻等一个人。

父亲已经洗完了那只老羊。剩下的时间，我和父亲一起洗余下的几只。我在水中刨了个大坑，父亲把羊拖进去的时候，水正好齐腰流过。父亲用腿夹住羊，姿势就像秋天搂草时夹着大耙，笨拙而又实用。父亲从羊尾巴开始洗起，我则从羊鼻孔开始洗起。

羊很温顺地接受着我给它的沐浴，我洗净了它鼻孔中的一些污垢，这样它在以后的日子里可以心通气顺地活着。我洗的时候，动作有些大，但它没有挣扎，它静静地站立着，享受着人类给予的抚慰、温情和关怀。

这会儿河滩上开始有了不少洗过的羊，太阳一晒，再刮过一股子清风，河滩上好像有一块白白的云彩浮动着。远处，有几只叫石鸡子的水鸟，在清水漫过的沙石上急速地飞奔。父亲把那只塌腰的羊往岸上一放，把他的裤脚往下一抹，就开始往家走。

大人们渐次走尽，只剩下一川的河水兀自流着。浑了的水开始变清，我刨下的那个大坑也被泥沙一点一点填满，过不了多久，这里又会是平展展的，一切都如往常一样。或许河水并不知道这里发生了什么，这里每天都要经过一些牲口，走过几个人，没入形态各异的脚印。但没有谁能把自己的脚印在泥沙底下悄悄藏住，流水轻轻一冲，一切都会烟消云散，什么痕迹也不会留下。看来，流水和岁月一样，它并不想让什么东西咋咋呼呼的永恒下来。

父亲走了一段路，突然回过头喊了我一嗓子，我说我从后西沟绕着回去。父亲没管我，只停顿了一下就走了。他猜我绕后西沟走，一定想趁大中午正热的时候偷坡上王老五的香瓜子吃。父亲这次猜错了，实际上当我上岸找衣服时，我发现，我把那条父亲的秋裤改做成的短裤给丢了。

给树留个柿子

◎ 毛甲申

　　一般，黄昏我要打个电话给我妈，常常是电话响一声就接了。我说，妈，你吃饭了吧？我妈说，吃了。我说，你喝药了吧？我妈说，喝了。然后汇报一样地说，早上喝了两片，晌午喝了两片，还有两片等睡觉时再喝。接下来我妈会问我吃饭没有，吃啥饭，有些啥菜，我一一汇报。然后再说些别的：谁家的二姑娘出嫁了，谁家的老头儿过世了，家里的花猫不肯捉老鼠，喜欢上逮兔子了……有时忙忘了，没打电话回去，我妈也不说什么。

　　去年我回到老家的那个黄昏，跟我妈坐在院子里说话，说得正好呢，我妈起身回屋了，过了一会儿，我也回去了。我妈坐在电话机旁边，出神地看着电话。我说，妈，你干啥啊？我妈说，我在等甲申的电话啊。我说，我这不是回来了嘛。我妈拍着脑袋说，你看，你看，我都糊涂啦……

那时我明白了，我妈是一直在等我的电话。

从那以后，在外面，我每天都打个电话回去，没早请示，晚汇报也是好的。我这样说，我妈一下就慌了，说不敢不敢，早请示晚汇报，那是对毛主席说的。

我妈不识字，进过扫盲班，那时我刚上小学。她的课本跟我的不一样，里头有《新百家姓》，以"毛"字起头的。有天，教员点名让我妈用"毛"字组词造句，我妈说，毛，毛甲申，毛甲申是我的大儿。教员忍不住笑了，说这句子造得不对，说"毛甲申"不是词，说了半天我妈还是不懂，红着脸说，毛甲申是我大儿，怎么就不对了？教员又费了不少口舌，可我妈依然坚持自己是对的，"我是他妈，我还不晓得他是不是我的大儿！"

我妈认会了一二十个字，扫盲班就结束了，后来这些字她又忘记了，她说"它认得我，我认不得它了"。除了认得钱，她认得我的名字，说"甲申"两个字模样周正，就像栽在地上的木牌子。

那时，我们都饥饿着，整天吃煮着野菜的玉米糊糊。我和弟弟妹妹端着碗坐在门槛上喝糊糊。

面条在那时是很奢侈的吃食，我妈说，好好念书，公社的干部才有面条吃的，烧点菜油一拌，喷喷，半里路闻着都香……

我也用了心念书，可还是没有考上大学，很是落寞了一阵子，像是天塌下来了一样。我妈觉得没什么，说现在日子好了，咱们有地了，不当干部也天天吃面条嘛，你小时候说要养一群羊的，以前念书没时间，现在正好养嘛。我知道我妈的心思，她想每天都能看到我在她身边。可是我的心思已经走得很远，我要去城里，我向往街道。我妈不愿意，说城里吃饭要钱，上个厕所要钱，车又多，人生地不熟。

我铁了心要走，我妈抹了一把眼泪说，你可要回来啊！那语气像是我一去不返一样的。

那年冬天的早晨，我的两只脚丫子带着我迈向了城市，我妈送我，跟着汽车跑，跟我说，你要少喝酒，酒喝多了又没人扶……

最开始我妈以为我会在城里待不下去，就先是喂了一头羊，准备着等我回来发扬光大的。我没有回去。后来又让父亲给我写信，说是有个女子模样好看，又勤快得很，要我回家，我也没有回去。我妈又让父亲写信来，说是她病了。收到信，我立马回去了。

我妈正在地里忙活，一点病也没有。我妈很高兴，说没病，就是想看我是不是饿瘦了，还好，还胖了。

晚上我妈又说起那个女子，她甚至还幻想着生一大群孩子的事情，而那时我的心思不在这事上。这让我妈难过，跟媒人说："这娃不晓得要媳妇，可能还没懂事嘛。"这事才算罢了……

时间一晃就是几年，妹妹去了城市，再后来是弟弟，都离开了老家，一个比一个远，父母一直都在那里，像一棵被摘光了果子的树。

那年秋天，我回家，帮着从树上夹柿子，我妈说，别都夹完了，留几个柿子看树。我问为啥要留呢，她说给树留着啊。我说，树又不吃。我妈说，结了一树柿子，一个柿子都不留，树也难过嘛。

　　我愣了一下，这话说得很有意思。我妈说树，也是说自己，她有儿有女，可没有一个在她身边。好在，这样的叹息也不是经常的，我们都待在城里，有自己的工作，我妈是高兴的，只有一点担忧，好是好，就是样样都要钱，要待在家里，随便摘点辣子，抽点青菜，就是一桌子菜嘛。

　　接我妈来城里，她很不习惯，操心父亲不会做饭，操心家里的花猫，操心地里的庄稼，还没待几天，就今儿要回明儿要回，吃不好睡不好的。但一来几千里，我们肯定要留她。

　　有天我睡午觉，迷迷糊糊地半睁了眼睛，看见我妈坐在床边，一声不响地看着我，于是我赶紧闭上眼睛，继续睡着。我妈就那样看了很久，好像我浑身都是她的目光。在那样的目光里，我妈一定想起了我小的时候，在她的怀里，尿床，淘气，哭鼻子……而现在，却睡得安稳。

　　我妈来了，我和妻子都想着她在家里成天劳累，就想让她过几天饭来张口的日子，不让她切菜，不让她洗碗，不让她拖地。我妈总是抢着做，而我们总是拦着她。这让她很难受，叹息说，这些我都会做啊，都洗洗涮涮一辈子了嘛。这样，我们由着她，她一下就高兴了，就是嘛，我又不是神仙，光玩怎么行？

　　后来，我在一篇文章里写，要给母亲凝视你的机会，安静地让她凝视，让她回味你成长的点滴，回味远去的美好。同时，要给母亲洗碗的机会，这样她会觉得她还能为你做点什么。其实，母亲一辈子都要为我们劳累。

日子一天一天过着，不知不觉中我妈就老了，头发花了，一颗牙掉了，接着一颗牙又掉了，穿不了针线了……

因为高血压，常年服药，一直很瘦的她虚胖了，我常常为这个担心。我妈笑说，胖点好，看着富态。我劝她和父亲别种地了，他们答应得很干脆，说不种啦不种啦，种了一辈子的地，还没种够吗？嘴上这样说，却还是要种的，反正我们都不在眼前。

后来我问我妈，为啥要嘴上一套手上一套？

我妈说，种子都留着了，地也挖了，不种，地心里慌。又说，咱们又不是没粮吃，我就是想着弄点麦草，麦草引火烙饼子软和，还得给猪做窝，冬天垫些麦草，猪也暖和些。

我妈总是有理由的，想想也是，种了一辈子地，和地都成了搭档。这样，我们也就不再拦她。我们不拦她，我妈就得意了，说豆角长得很好、黄瓜长得很好、玉米长得很好、南瓜长得很好、土豆长得很好……她说那些农作物时，就像介绍她的孩子。

没想到，我妈锄草时突然手臂不听使唤了，她慢慢地挪回家。那时只有她一个人在家里，父亲在县医院做手术，还没有出院。

那也是个黄昏，我打电话回去，我妈声音很弱地说，好像半边身子不能动弹……头好像有点昏，还尿床了。可能怕我担心，我妈说，不要紧的，睡一觉，明早就好了……

我的头轰地一响，这不是睡一觉就好了的事情，明显的中风症状。我像疯了一样，不停地打电话，告诉妹妹，告诉弟弟，向所有离家近的亲朋好友请求支援，深夜我妈被救护车送到县里……

是脑出血，幸好出血量少。她慢慢地康复，能下地了，能扶着墙走了，能拿勺子吃饭了，再后来能拿筷子了。三个月之后，我妈在电话里说，今天切了土豆丝，切得像个土豆棍子。

那一刻我的眼睛忽然一湿，这多么难得啊！

后来，我妈对我说，这一场病花了不少钱，就当是你们几个花钱买了一个妈。我要好好给你们活几年。不然，太不划算了……

我笑了，我妈也笑了，都笑出眼泪了。

姐姐

◎ 张丽钧

这是一个高中女生写的作文——

奶奶 80 岁那年，身体状况越发差了。爸爸妈妈从劳务市场请来一个小保姆。一进门，奶奶就乐了，说："这下好了，我又多了个孙女。"爸爸赶忙让小保姆叫"奶奶"。小保姆柔声地叫了，奶奶高声地应了。

第二天傍晚，趁着小保姆扶奶奶出去遛弯儿，爸爸郑重地把我和妈妈叫到他的书房，说："现在，咱们成了五口之家了——既然老太太让人家小保姆叫了奶奶，那咱就得像对亲人一样对人家。丫头啊，以后说话可要注意着点儿了！比如说，当你老爸我理发回来，你不能再张嘴就说：'难看死了，简直就是一个农民！'现在，'农民'进门了，并且，成了你姐姐，所以，你说话应该照顾到姐姐的尊严。还有，你每天上学之前，在跟奶奶、爸爸、妈妈说过再见之后，也要跟姐姐说再见，不能像今天早上那样，在跟我们仨打完招呼之后跟你的猫咪说拜拜。记住了吧？另外，老婆啊，一家人聚在一起的时候，别总是炫耀你买一件连衣裙就花掉了几千元，那丫头家在贫困山区，听你这样说心里会不好受的。还有你的化妆品，你要是不想让那丫头用，就把它放在不方便她拿的地方，如果你放在梳妆台上，就等于乐意和那丫头共享。我希望咱们都像待老太太的亲孙女那样待那丫头，让她在家里感到舒心、开心。"

我们按照爸爸说的做了。

姐姐的脸上天天都带着满足的笑。

要过年了，奶奶让姐姐到商店买些过年用的东西，又特意嘱咐她买 4 个装压岁钱的红包。爸爸赶忙追出去，用手比画着对姐姐说："听清楚了吗？是 10 个红包，可不是 4 个。"姐姐吐了一下舌头，然后笑着使劲点了点头。

我不解地问爸爸："奶奶分明说是买 4 个，你为什么让姐姐买 10 个呢？"奶奶听到我的话，大声责问爸爸："什么？买 10 个！买那么多做什么？4 个就足够了，一个孙女，三个外孙。"爸爸跟奶奶说："您看您，说错了不是？您怎么会只有一个孙女呢？不是有两个吗？出去给您买红包的孙女咋就忘了算上？人家一口一个奶奶叫着，干活又那么卖力，有了好事儿您可不该忘了人家啊！"奶奶说："好吧好吧，是俩孙女！可那也用不着买 10

个红包啊。"爸爸说："我要是跟那丫头说'是5个不是4个'，她一定觉得奶奶本来没有想到有她的份儿，是这个叔叔后来硬给加上去的，她接受起那红包来该多不自在啊！我要是把'4'说成'10'呢，那刚好是她乡音中容易混淆的发音，她会误以为是自己刚才没有听清楚，到时候，她接受起那红包来不就自然多了吗？那富余出来的5个红包也糟践不了，明年啊，一定都能派上用场。"

姐姐接过奶奶的红包时，流下了眼泪。

转眼四年过去了，别人家的保姆换了又换，我家的保姆却始终是这个姐姐……

属于爷爷的爱——父子之爱、邻里之爱，甚至社会之爱，他分明
是把它们通通藏在了阳光照射不到的深海海底，一如他短暂却刻
骨铭心的爱情……

福顺只须修来 /

潜在海底的爱

◎ 虹 珊

一

那天，我从长满荒草的小路上直奔而下，啪嗒啪嗒地跑向爷爷。那一刻，我像长了翅膀的鸟儿，妄想一下子就飞回童年。

然而，童年是回不去了，处于中年的我回不去，86 岁的爷爷更是回不去了。爷爷坐在古旧斑驳的松木椅上，戴着军绿色的绒帽，头枕着椅背，脸埋在臂弯里，身子弯曲着，像被秋风扑打之后掉了穗子的玉米秆儿，枯瘦、暗黄、孤清。

我的心一下子就抽紧了！重逢的喜悦完全被冲散了——事实上，我的爷爷再也不能够准确分辨出我欢欣的叫喊。他缓缓地从暗旧的蓝色中山装中抬起头来，耷拉着眼皮，问："你是谁？"

我拉着他的手说："我是玉儿。"爷爷慢慢地把身子转正，盯了我好一会儿,直到浑浊的眼睛里渐渐蒙上一层暗黄的光泽。

他哽咽着,皱缩的脸开始颤抖。他说:"再不要回来看我了,老这么耽误,单位要批评你呢。"

嘴里这么说着,他的记忆却分明生动起来,他想起了 3 个月前我买给他的豆豉鱼。"还没吃完呢,还有好几盒。"爷爷说,"现在吃不下多少东西了,吃多了难受。"

他拿手在胸前比画了一下,又弓下腰,捋起裤腿,说:"肿了。"

我用手指一点一点从他的脚踝处按上去,顿时,一个一个的小坑排成了整齐的队列。我明白了,爷爷的身体内部已经先于外部走向了衰竭。我竭力咽下翻涌而起的哀伤,低着头大声说:"没事儿的,按时吃药就好了。"

他吁了一口气,又问我:"玉儿,你说,斗地主是怎么回事啊?"

我没想到他会问这个,一时竟解释不上来,就笼统地告诉他,那是一种纸牌的玩法。他点点头,沉思了一会儿,说:"如今这世道变了。你看,猪啊鸡啊,都不吃粮食,改吃饲料;除草不用锄头,打除草剂;庄稼人不下地,经常聚在一起斗地主,像什么话?"后来他叹了口气,自我宽解道:"还好,我们这一支脉总算没有谁这么不务正业。"

我知道,爷爷的自我安慰,透着无可奈何的悲凉,对自己的子孙后代,他只剩了"务正业"这么一个要求了。

隔了几个时代,就像隔了千重山万重水,爷爷的世界我们过不去，我们的世界他也进不来。

二

爷爷出生于 20 世纪 20 年代初，上了 10 年的私塾，当了 12 年的教师，然而，最终还是田间劳作耗去了他后来的大半生光阴。我想，这样的起点与皈依，注定了爷爷必然会穷其一生进行泅渡和挣扎，以便让自己的精神拴上现实的锚桩。

对于他的弃学归农，他只跟我说过一次。

他说："奶奶病了，地都荒了，4 个小孩，怎么办呢？"爷爷经过反复的比较，认为自己的那点儿工资，不过是聊胜于无罢了，只有回家种地，才是唯一稳妥的出路。于是，在一个冰天雪地的晚上，爷爷背着一口装满了书籍、瘦瘦长长的樟木箱，裹挟着一身寒风，回到了同样风雨飘摇的家中。

从此，他一门心思当上了农民。然而，他永远没能成为一个纯粹的农民。这，首先得归因于爷爷对农活缺乏全局式的把握。

我爷爷总是以教书育人的态度来对待他的农活，因此，他不仅不粗放，而且过分精益求精。比如，在风雨来临之前，如果正在打垄，他宁可把晒场的玉米忘在脑后，也不会放下锄头，让那些暴凸的土坷垃继续逍遥；割下的草，他从不把它们大堆大堆地聚拢，以方便收装，而是要一小把一小把地放整齐，偶尔有疏忽，还要掉过头去，重新整理。所以，那两年，爷爷家不多的几块地，总是面目复杂——某些会像梳子梳过一样，某些却又芳草萋萋。

他刚回来的那几年，奶奶常常勉强拖着病弱的身躯，亲自到田间地头指导爷爷干活。在奶奶的言传身教下，爷爷终究是掌握了一些干活的技巧。至今还记得，我有时在地里捡石头玩，会听见爷爷感叹："别小瞧了种田，可是一门大学问呢。"

一旦把种田当成做学问，田就被种得不伦不类了。不过爷爷有一手好书法，稍一沉吟，就能吟出一首四言诗或五律诗，写对联更是不在话下。他经常会被人请到家里写对联、碑文或状词，远近地跑。

从记事起，春节前后，我最常见的，就是爷爷右手握着饱蘸墨汁的毛笔，左手摸一摸半长的山羊胡，微晃着脑袋，默然片刻，然后右手抖一抖，左手拂袖，墨汁就水一样地在纸上流淌开去。

这种让我惊羡的动作赢得了人们的尊敬，也拉开了爷爷与村民之间的距离。当然，距离不仅仅是因为这种无声的动作，更是因为日常那些有声的语言。

夏天，太阳当头，在地里与村民相遇，总得打个招呼吧。村民说："死日头，毒辣辣的，跟长了刺一样！"爷爷说："是啊，要不怎么说锄禾日当午呢？"秋天，晚霞一片，收工回来，互相点个头，村民说："这霞烧得好看哩，像灶膛里着了火。"爷爷说："是啊，好景致啊，落霞与孤鹜齐飞嘛。"

村民们简直累坏了，他们觉得正是因为在爷爷面前，才好不容易挖空心思这么文绉绉地说上几句，没想到，最后还是跟不上他老先生云山雾罩的思维和语言。

从小与爷爷在一起读私塾的奶奶只好循循善诱地教爷爷说村话。慢慢地，爷爷不再甩书段子了，他的语言开始变得平白，像走出深山来到平原上的水。可是，水虽是浅了，薄了，却仍然清澈，不浊，始终缺乏泥土的色彩。

在我的记忆里，每逢天气不好，下不了地，爷爷就在家看书或写字，也写古体诗。

然而，他的诗，在 1952 年 3 月就戛然而止了。

三

那是我奶奶去世的年月。

奶奶家很富有，而且，在那个并不开明的年代里，奶奶却幸运地拥有一个开明的父亲。

他不仅没有放弃对女儿的培养，还在方圆几百里的范围内，挑选了 4 个孩童，让他们与自己的一儿一女共同读书习文。

我爷爷被幸运地网罗进了奶奶家的私塾。

从此，学习之余，一个青梅竹马的传统爱情故事也悄悄诞生了。

奶奶在文学方面有着惊人的天赋，她的思维比爷爷的更加敏捷。我爷爷的嫂兄叔侄和我的父辈们一说到我奶奶，总会众口一词："漂亮、聪敏、能干，跟你爷爷对诗，就没有她输的时候。"

众口一词的还有："这样的人，命长不了，老天爷会嫉妒的。"特别是我爷爷的姐姐，每每说到这里，就会叹气，替她们这个最小的弟弟担心："他怎么过得下去啊，心里肯定是疼死了。"

爷爷的心究竟疼到怎样的程度，我不得而知。父亲说，爷爷从此性情大变，不看书，不写诗，话说得少，对孩子们也越来越严厉。

后来，爷爷娶了第二个奶奶。这个奶奶丧偶多年，没有孩子，模样也还周正。两人第一次见面，爷爷就只问了一句话："会不会做布鞋？"在得到肯定的答复之后，这个奶奶第二天就在我家住下了。

可是，爷爷再次犯了只见局部不见整体的错误。因为对脚下的过分关注，爷爷完全忽略了其他更为关键性的因素。这个奶奶除了做得一手好针线，其他的，能偷懒的她就绝不勤快，还经常偷吃。这样一来，父亲和叔叔们的脚上虽是穿得暖和些了，肚子里却更空了。当然，这个奶奶还算是尽心地伺候着爷爷。在喝稀饭的年月，她偶尔会弄来一坨猪油，当着孩子们的面，摁到爷爷的碗里。爷爷不满，教训她应该把猪油放进菜里，让一家人一起吃，她嘴上答应得爽快，手下却依然毫不留情，菜里面仍然不见半点油星儿。

时间长了，总看见孩子们黄皮寡瘦的样子，爷爷就起了疑心，他怀疑这个奶奶心地不纯善，更怀疑这猪油来历不明。后来，爷爷的三哥总是念叨自家的猪油去得快，爷爷明白了，一回到家里，就向奶奶发出通牒："下次我要是再见到猪油，你就别在我家里待了。"

　　这话说完没多久，这个奶奶果真就走出了爷爷的家门。一个大雪天，小叔半夜突发高烧，要喝水，奶奶赖在床上，连身子也没欠一下，只是喊："自己倒去。"爷爷就从被子里猛地坐了起来，命令奶奶："起来！穿衣服！坐椅子去！天一亮就走人！"

　　再后来，日子就越来越艰难，爷爷吃上了政府供应。对吃供应这件事，爷爷是愧疚的，他觉得是自己没有能力的表现。粮食供应站在离家近 20 公里的地方，每个月去背 4 次供应，爷爷总会半夜就起床，赶早到达。

　　因此，当别人上路的时候，爷爷就已经绕道往回走了。这件事情，他跟我讲过，讲到最后，他就说："做人最光荣的是什么？独立，自食其力，不给社会增添负担。孟子说过，富贵不能淫，贫贱不能移，威武不能屈……"我一听他又准备给我开课了，就赶紧溜到一边丢沙包去了。

　　吃了一年的供应之后，第三任奶奶带着一个 5 岁的女儿，踏进了我爷爷的家门。

　　这个奶奶耳朵背，大字不识一个，比我爷爷小 12 岁。她勤劳、善良、态度和蔼，对待我的父亲、姑姑和叔叔们，比对待自己的亲生女儿还要好。最终，爷爷和她一起，度过了长达半个世纪的漫漫岁月。

　　也是在这段岁月里，爷爷积攒了 12000 元钱。就在五一节那天我将要离开的时候，爷爷叫住我，让我扶他进屋。

　　他从一个掉了漆的木箱底层，掏出两个存折，对我说："玉，原来是 12000 块，去年冬天你奶奶过世的时候，把工行的那个取光了，现在存折只剩两个了，一共还有 7000，等安葬了我，估计还有点剩余，应该不会给你们添麻烦了。"他一口气说了这么多，说到最后，竟剧烈咳嗽起来。

我流着泪，执意要扶着他上父亲家去，他怎么都不肯，说："过一会儿就好了，你爸爸他们会不间断地来看我，没事的。"

父亲和叔叔们似乎对这件事没有什么评述。他们共同的感触是，当年他们各自成家立业的时候，爷爷是逼着他们自己打天下的，一分钱没掏，现在日子好过了，谁也不稀罕这点儿钱。他们叹道："他要是懂得钱的时间价值就好了。"

一个深受传统文化熏陶的老人，要怎样懂得金钱及金钱的时间价值呢？我隐约感到，我的父亲、姑姑和叔叔们，对爷爷的感情，就像那些村民一样，除了遥远的尊敬，似乎并没有多少深刻的血脉之亲。我的爷爷，凭借他的独立、固守与严厉，虽然跨过了岁月的风风雨雨，却最终没能跨过人与人、心与心之间的那些沟沟坎坎。

四

就在五一节过后的那个星期六，爷爷永远地走了。在爷爷的葬礼上，没有人哭，包括我的姑姑，他唯一的女儿。

他墓前的碑文，是他生前写下的。我在心里一一读过那些刻进石头、排成竖行的名字，慢慢地，就有了说不清的感觉，感觉构成爷爷一生的某些部分，像雪一样正在融化，它们似乎逐渐走进了我所能够理解的范围：属于爷爷的爱——父子之爱、邻里之爱，甚至社会之爱，他分明是把它们通通藏在了阳光照射不到的深海海底，一如他短暂却刻骨铭心的爱情……

在空旷而阔大的寂静中，我浑身哆嗦，我的腿像被抽了筋断了骨，不由自主就跪了下去！我第一次觉得，属于自己的一些什么，已经活生生地被时间给掳走了。

哭够了，我扶住墓碑站起身，再一次回首爷爷的这块自留地，我仿佛看到了6岁时的自己——爷爷正在打垄，我提着一个小竹篮，亦步亦趋地跟着他，丢下土豆种。擦汗的时候，爷爷抬起头，眯缝着眼，问："'男'对什么？"我说："女。"爷爷又问："'男同志'对什么？"我说："女同志。"

爷爷把腰往上直了直，拄着锄头，眼睛望着远处的山，说："玉儿，不对，应该是'女青年'。"

成千上万的礼物，总有一件会适合我亲爱的父亲。

日子越来越少，但我还来得及想尽办法，

稍稍补偿父辈过分辛劳的岁月……

福顺只须修来 /

与父亲博弈

◎ 羽 毛

父亲生日将至，给他买点什么呢？

父亲来这里三年了，背井离乡，只是为了照顾我的生活。亲恩比天大。别人的父亲会打牌，会抽烟，会到处游山玩水，会去广场跳舞。

他一样都不会。他几乎没有嗜好，除了劳动，成天忙忙碌碌，买菜做饭，洗衣服擦地板，像一台永不疲惫的机器。

父亲不仅过分勤劳，而且过分节俭。

有多节俭呢？如果他早上出门，晚上回家，午饭都舍不得吃，顶多在街上买一个两毛钱的馒头。他宁肯胃疼，也不愿花钱。他从不为自己添置一件新衣服，总是拿着针线盒缝缝补补。

这跟他有没有钱无关。这种节俭起初是不得已，后来是习惯，现在已经深入骨髓，成了他自己的一部分。

父亲在农村长大，17岁丧母，作为长子，他和他的父亲要用几亩薄田来养活五六个弟妹。吃饭时，最小的弟弟在饭桌上掉一粒米，就得挨上一耳光。草根汤、地瓜粥，一吃十几年，吞噬掉孩子对美食的想象、对美的向往，胃和品位都在贫穷的溃疡里先天发育不足。

后来他奋发拼搏，开店赚钱，送孩子上大学，盖起了四层的小楼房。但无论生活境遇怎么变，他依然愈加勤俭。

这种勤俭就像压榨器，把父亲几乎压榨到只有一个核：只干省钱的事和挣钱的事，只花万不得已的钱。他从不尝试美食、华服或者欣赏美景，只欣赏钞票本身的油墨味。

我周末要去公园玩，他会说，我们以前从没有周末！门票还要两元呢。

我提水果回家，他会说，我们小时候没有吃过水果，这水果比菜还贵！

……

我说，拜托，爸爸，你的时代早就过去了！现在金融风暴，消费也是爱国！

父亲眼睛一瞪，说，时代再怎么过去，我都是你爸爸！小辈都得听长辈的！

我闭口。

多次"战争"下来，父亲有所软化，不再用节俭的标尺要求他人，

偶尔也去逛公园，给我买冬枣买核桃，但对自己仍旧一毛不拔。好像全天下的人，就数自己最不重要。

这次父亲的生日，我不会放弃尝试。

前几年的尝试，都失败了。

头一年，我给父亲包了个红包，父亲原封不动地把钱又存了回去。

第二年，我给父亲买了双品牌布鞋，父亲至今没有穿过。问起来，父亲就说，今后回老家再穿！

今年，我想好了，就给他买个泡脚的木桶。他总是脚后跟疼，慢慢就爱上了用热水泡脚。我看过中医书，脚后跟疼是肾虚的表现。要带父亲去医院，他坚持不去。

那就买个木桶吧。我在网上查询，又去店里考察，买了一个香柏木浴足木桶，228元。这和父亲的付出相比，实在微不足道。只要父亲身体舒坦，钱算个啥。

我把沉重的木桶提回家，放到他的卧室。父亲回家后，视而不见。我嬉皮笑脸地问他喜不喜欢。他冷着脸说，我今后都不泡脚了成不成？

这是冷幽默？不，这就是我的父亲。

父亲到底没有用那个古色古香的浴足桶，依旧用边缘破损的塑料盆。我到底无法用物质来取悦父亲，只能用而立之年的顺从来回报他的付出。

有些无奈……下个月，我准备去买一套新一年的公园门票，这样他不能不接受吧？

　　成千上万的礼物，总有一件会适合我亲爱的父亲。日子越来越少，但我还来得及想尽办法，稍稍补偿父辈过分辛劳的岁月……这也是一场博弈，将屈服于绵绵不绝的尝试、耐心和爱。

不够强大，才会被摧毁

◎ 夏小嫣

相对学校，父母可以教给孩子更多。世界广大，知识来源无穷无尽，何必担心孩子会被"体制"轻易摧毁？

丰富人生的起点

每晚临睡前是我跟儿子猪八戒的故事时间，他枕着自己的胳膊，我躺在他身边，给他讲各种各样的故事：神话、童话、漫画、我小时候的经历、他小时候的经历，以及我自己喜欢的故事。

有时候我会让他给我讲故事，这对小孩子来说相当于初级的作文训练。这天，他突然问我："妈妈，你知道希腊神话里的阿瑞斯是什么神吗？"我呆了呆，回答："不知道。"

他有点高兴地向我普及常识："是战神啊！"

然后,他又问:"那你知道德墨忒尔是什么神吗?"我迟疑地说:"工匠之神?"他更得意了:"工匠之神是赫菲斯托斯!"

我非常意外地看着他。说实话,我对希腊神话的了解仅仅来自小时候看的动画片《圣斗士星矢》,而猪八戒所说的已经超过了我所知的,因此我好奇地问:"你怎么知道的啊?"他回答:"我在奶奶家的书架上发现了一本《希腊神话》!"

我很高兴,为他已经开始的课外阅读。教科书里所学的东西毕竟有限,他能够主动去阅读课外书,这正是一个丰富人生的起点。

世界广大,何必太担忧

前段时间,网上有篇名为"开学一月,摧毁六年教育观"的文章广为流传:一位家长把孩子送进了小学,可是在短短一个月内,她却体验到了与自己多年对孩子的教育初衷完全不同的教育方式和观念,最终,在老师强硬和不容置疑的立场下,家长茫然而失望地说出了"教育观被摧毁"的话。

对于这位家长的说法,我深深理解,但并不认同。

早在猪八戒上幼儿园的时候,就有热心的朋友跟我说,他有关系,能把猪八戒送进市区数一数二的重点小学。刚知道这个消息,我其实挺高兴的,可是后来想了想,我家住在开发区,离这所学校有七八公里,如果猪八戒在这所学校念书,那么他至少在清晨6

点就要起床，才能保证在 7 点半到 8 点之间到达学校，挺辛苦的。

而我们家附近就有一所普通的小学，一样有干净宽敞的校园、明亮整洁的教室，门口站着严肃的传达室大叔，最重要的是，从我家到学校步行只需要 15 分钟，猪八戒可以一直睡到早上 7 点钟，太阳从窗口照进来。

我并不是舍不得他吃苦，我只是觉得学习这回事其实和吃饭、睡觉、玩耍一样，只是人生的一部分而已，实在不必为之牺牲太多。

就这样，猪八戒进了这所小学。每天早上，我们在晨曦中步行去学校，15 分钟能聊很多话题。

渐渐地，我也发现猪八戒在学校所学的东西跟我以往教他的内容颇有区别，用现在流行的话来说，就是"洗脑"——慢慢抹杀孩子的个性，让他们成为整齐划一、乖巧顺从的孩子。在仔细看了一遍学校使用的语文教材以后，我更是恼火地觉得，这些文章甚至还不如我们小时候语文课本的内容。

再后来，我发现其实事情并没有我想的那么严重，猪八戒每天在学校的时间只有 6 个小时而已，别的时间都跟父母在一起，我大可以在这些时间里教给他更多的、在学校不一定能学到的知识；每年寒暑假我们带他出门旅行，认识天南海北的人，看不同的风景；他还可以阅读课外书——就像阅读奶奶家的《希腊神话》那样，书本里的内容浩如烟海，只要他喜欢，我不会去限制他的阅读种类。时间久了，猪八戒的眼界就会慢慢开阔，汲取的经验和智慧也更多，等他长大了，自然会去芜存菁地重新审视他之前所接受的一切教育，不断接受、质疑和推翻。

　　所以，有些担忧是多余的，过于批判的态度也是多余的。也许有人会说我这样的态度不够积极，可是，怎样才算积极呢？抵制现阶段的教育体制？我没有那个能力。

　　我只能教猪八戒顺应并灵活地游走在这样的教育模式下，做一个尽量符合标准却又通达明晓的人。逃避、担忧、愤世嫉俗算不得本事，灵活机智地处于其中却仍然能够保持内心的澄明才最难得。

　　猪八戒现在上小学二年级，我的这种教育方式是不是正确也还很难说，我们都在摸索中。但是我相信，能影响孩子性格和观念的绝非只有学校。世界广大，他的知识来源无穷无尽，何必太担忧。现在的孩子天生就有着一颗好奇和质疑的心，聪明也远胜于当年的我们，无论谁想要"洗"干净他们的脑子，也实在不容易。

　　嗯，只有自己不够强大，才会被摧毁。

乖小孩

◎ 丛 虫

　　她妈妈特别挑剔，所以她就特别乖。她永远不敢做她妈妈不允许的事，因为脑海中时时回响着她妈妈暴怒的声音："你在干什么？你算是完了，早知你是这样真不该生你养你！"

　　妈妈不允许的事情包括什么呢？吃饭掉米，夹菜漏在桌子上，饭碗没端起来而是低头扒饭——这些事情值得大怒吗？会不会天崩地裂，出现海啸台风？她住校以后，发现这些行为不但不会让谁发怒，甚至根本就不能算是一件事。妈妈真的是对的吗？还是她只是个到了更年期的家庭妇女，一辈子就觉得吃饭的事情最大？

　　她仍是乖小孩，多年的习惯不好改。她吃东西不出声，只吃离自己最近的那盘菜。她的筷子两头总是一般齐，端起碗吃饭还挺直后背。不管碗大碗小，她不剩一点饭菜。有皮鞭在一旁，马戏团里的山羊也能学会骑自行车，何况是人。

一个男生诧异地看着她说："你是从旧社会来的吗？我觉得童养媳就是你这样的。"那一瞬间，她从心底涌出来无数委屈。

她结婚以后，先生领教了岳母的威风。对他当然是客气的，甚至是讨好的，但是对女儿仍然挑三拣四。他背后跟她说："原来你妈就是旧社会。"

她大发脾气："不许你说我妈！"

"旧社会"跟女儿住了几天，到了回家的时候，女儿把给她买的东西打成大包，在车上放好，送她去火车站。到了自己熟悉的饭店，停好车，领"旧社会"去吃顿饭。饭店里吊着水晶灯，有音乐，上来的是西餐，一道一道。"旧社会"挺直后背，刀子叉子操作得一点不含糊。这是多年前她从杂志上学来的，虽然她一生都没参加过什么宴会，但是她懂全套的餐桌礼仪。女儿只会用叉子，把那盘金枪鱼沙拉吃得只剩一个光光的盘子。这顿饭花掉的钱够"旧社会"一个月的生活费了，一碗奶油蘑菇汤的钱就能买下她身上那件上衣。她少不了又是唠叨埋怨女儿。她不会再暴怒，人老了，没有力气了，而且那埋怨中其实有种娇嗔——她知道女儿是对她好呢，不然吃这么贵的东西？作孽。

"旧社会"上了火车，软卧下铺，她又把女儿骂了一顿，心疼钱，不过是睡一夜就到了呀！"旧社会"年轻的时候，买张站票，睡在报纸上，又能怎么样呢？女儿把她的东西放好，坐在她旁边。她看见女儿衣服上有一点沙拉酱，赶紧用手指蘸点口水，用力擦，一边擦，一边训她。"旧社会"忘记了自己已经快 60 岁，女儿也已经生了女儿。在她眼里，她永远是她不断犯错的小丫头——就像她在自己妈妈的眼里一样，成分不好的家庭出身让她们谦卑惯了，以致变得苛求。女儿等她擦完，假装没看见那块布料其实被酱汁渗开了，变成暧昧不清的一块。她习惯了做妈妈的乖小孩，一生如此，一件衣服又算什么呢？

送走了"旧社会"，她回到家很晚了。女儿等她讲故事，她就讲了一只兔子和熊的故事。女儿跟她撒娇说："妈妈，我今天很乖。"她亲了她一下，说："宝贝，妈妈很高兴。不过，你不乖妈妈也一样爱你。"

这是很多年很多年里，她一直想听到的话。

你对着镜子里的自己仔细端详，

你在全身的细微之处寻找与父亲相似的地方。

那种叫作基因代码的东西会无处不在吗？

福顺只须修来 /

父亲的玉兰树

◎ 简 妮

你开车在这街区里转了一圈又一圈，却没有目的地。你想寻找的只是痴想中的一树白玉兰。

你身后，是那株刚刚从土里刨出来的白玉兰花树。它在后车厢里发出细细碎碎的摩擦声，像是对你窃窃私语。

你觉得那是父亲的声音，你觉得那株玉兰花树是你父亲的尸骨。你带着他，在美国这座西北大都市里，一个他和树都陌生的地方转来转去。

不，也许并不陌生。它，玉兰树，也许就是在此地——明尼苏达州栽培长大的。此地冬季寒冷漫长，但玉兰花树却能茁壮成长。它总是在 4 月初，春寒料峭时，迫不及待地冒出花蕾，突然间绽放出硕大的花朵，让地上的残雪再也没有理由赖着不走。

而父亲也许来过此地。十多年前他来美探亲，你曾带着他在这风景如画的城乡间出出进进，不过他没有见过玉兰。那是夏季，玉兰早已逝去。

人也逝去了——你的父亲。谁说过，死亡将人生变得有了终点。事实上，自从父亲一年前再次中风以后，你知道那终点随时会到来的。那天，你在睡梦中被电话铃声惊醒，从地球那一边传来断断续续的声音："大姨，你先别着急……姥爷去世了。"

你手中的话筒像是一枚炸弹，一时间你束手无策。随后，你扔下电话冲进浴室，镜子里出现了一个身穿睡衣、一副恓惶无助模样的人。

父亲走了，他在这个世界上消失了。过去无论你从世界的哪个角落回到家，总是有一对老人在那里等你。父母亲年迈体弱，没有工作等待他们，没有出门远行的计划，他们有的是时间，他们永远在那里静静地等待。

而这次，当你再推门而入时，父亲坐的那把轮椅空了。

你对着镜子里的自己仔细端详，你在全身的细微之处寻找与父亲相似的地方。那种叫作基因代码的东西会无处不在吗？

过去的岁月，你并没有真正认识父亲，他在你的生活里似乎是个可有可无的人。他只是一名本分勤奋的医生，没有权势，没有功名，连巴结人也不会。他无法理解你的抱负、你的追求。如今，你意识到生命中最不起眼的东西往往是最重要的，比如空气和水——我们生命的源泉，却常常是我们轻慢忽略的东西。

　　你知道这一天会来，但当噩耗真的到来的那一天，你并没有准备好。父母再平凡，对你也是独一无二的。而父亲与你更有不同寻常的关系，他有着根深蒂固的重男轻女的思想，又对你种种离经叛道的行为又惊又惧。你敢在他面前直言不讳，因为你知道他的底线——厚道的本性和对你有着歉意的爱。你满月不久就被送给奶妈喂养，以便妈妈腾出身子怀上儿子。你6岁起就跟着爷爷奶奶在外地一路自生自灭地长大，可以说你从来不认为欠了他什么。奇怪的是，他对你的影响又是最深最不见痕迹的。当你失去他的时候，你才意识到，那个最不让你惧怕，最不用在他面前掩饰你缺点的人，才是你最亲近的人。

　　你找出父亲当年穿学生装的一张黑白照片，装上相框，摆上鲜花，设起灵堂。你注视着照片上的那个人，一头浓黑的短发，剪成七分头，紧抿的嘴唇，卧蚕眉下一双黑亮的眸子望着你。你仔细端详着那双眼睛，想读出他那时的精神状态，读出你没出生前他的故事，结果你失败了。他的目光纯净、温良，一心一意在等待党的安排。没有独立精神的欲望，也没有对前途的担心，20世纪50年代初期河北白求恩医学院的一名毕业生，人生蓝图确定无疑——为人民服务。而后人生的系列变故，都没有改变他的初衷。他经常对比的是日本人的侵略、腐败无能的政权、凄苦的童年。刚刚得到解放的中国老百姓，生存状况稍有改善，便对新政权有感恩之心。那一代人生存的底线与现代人如此不同，容易知足，相信自己是微不足道的。

　　那些日子，看似常态的生活里，你常常会出现一些莫名的念头，是试图减轻父亲去世时不在他身边的负罪感，还是生命的基因在你身上起了作用？你变得神神叨叨，丢三落四。你一再追问你的丈夫 M，自己是不是精神不太正常，却又不想从他嘴里听到 Yes 或 No 的答案。

此刻，你有更重要的事情要和他说，但你又难以启齿。

昨晚，开车到一家日本餐馆就餐。坐下点完菜，你才小心翼翼地将自己的心事讲出来："我想将那株玉兰树挖出来，去换一株浅粉颜色、长长花瓣的那种。"

"什么？"M 从菜单后抬起头，担忧地看着你，他一定怀疑父亲的去世造成了你精神上的不正常。平时他是最反对买了东西又退换的，何况这次是一棵刚栽下的树。

大概看你头脑还清醒，谈吐也有条理，他便松了一口气，说："只要你觉得舒服便可以了。"

第二天一早，天刚蒙蒙亮，你便一骨碌从床上爬起来，提上铁锹，向后花园走去。

那棵玉兰树正静静地在晨曦中休眠。稀疏的树枝上站着几朵花蕾，几片没有完全舒展开来的花瓣像刚刚睁开的惺忪睡眼，对你赔着几分小心。你只顾埋头用铁锹将树根上的一层木屑刨开，露出黑乎乎的泥土。随着铁锹的挥动，树枝摇曳，花朵惊颤失色，仿佛对你轻声哀求，别动我，别动我。

你内心忍受着熬煎，头脑中进行着激烈的斗争。怎么办？是留下这棵模样素洁、安分的，还是换回那棵色彩亮丽、轻松浪漫的花树？

这不是对一棵树的选择，这是你想让你的父亲如何活在你的记忆中，或者是你希望，你的父亲如有来世，他用什么样的姿态再活一遍。

那天，在蒙蒙细雨中，M 陪你去选树。雨越下越大，他问你是不是可以等一天。你的脸色比天气更阴沉，你固执地望着雨雾中的一排排树苗。"不，今天一定要将树搬回家；一定要在父亲头七那天将树种下。"你说。

只要一碰到不懂的中国风俗，M 马上表示苟同。

你心里想着当年在中国看到的一株株玉兰树，白色的花，单纯的颜色，象征着高洁与孤傲，也有一股哀悼之气。干干净净、简简单单的人生，不正是父亲的本色吗？你指着雨中的一树白花说："就是它了。"

傍晚时，你们将树搬回了家。

你们将树根带着泥土小心地放进树坑，填上肥土，撒上一层碎木屑，最后浇上定根水。

那一夜，你睡得很安稳。

第二天，你开始看父亲葬礼的录像。先是父亲大大的遗像，这是当年他赴美前为办护照拍的照片。他神采奕奕，脸上充满期待。

仅仅十年之后，他便因中风、失忆变得脆弱不堪。一个粗黑的"奠"字向你越推越近。你看到了躺在玻璃棺里的他，被四周俗艳的塑料花簇拥着。到处是人，悲哀的面孔，伴随着撕心裂肺的哭声。你能听出大妹妹一句一个"亲爸爸"的号啕。深夜时分，你已经哭成了一个泪人。

透过模糊的泪眼，只见父亲正被移上一张床板，被缓慢地推进一个长方形的洞孔。那是火化炉吗？那里的高温仿佛扑面而来，掠过你身上的皮和肉。当你再睁开眼睛时，画面上出现的是一块长长的铁板，铁板上躺着一个白色的骨架。一个年轻人正在用一把小铁锹将骨架敲碎，再铲进骨灰盒里。

你从来没有见到过这样触目惊心的场面。

一个创造出你生命的人就这样变成了一堆温热的骨灰。

一夜无眠，你站在窗前，望着月光下的那株玉兰花树，它正不动声色地站立在暗夜里。

它那细细碎碎的白色花瓣像飘浮在夜色里的嶙嶙白骨。

你问自己，也许不该用白色纪念父亲，难道他的生活中不该有色彩吗？难道他就一定要活得像悼词一样干巴巴，千篇一律，高尚无比？他不是名人、伟人，他没有必要为世人虚应故事。他只是一个勤勉、淳厚、直心眼儿、没有心机的人。天性如此，生命的局限又是如此。如有来世，让他不要受那么多委屈好了，让他也过一回无忧无愁、美美的日子吧。

如今白色也成了你惧怕的颜色。它虽然只是一棵树，但它时时刻刻在提醒你，父亲还活着，他还在另一个世界委屈清苦地活着。

你知道这是一种非理性的迷思，但你无法停止那玉兰花瓣和父亲尸骨的联想。

　　"不要再想下去了，我要和这棵树告别，我要去寻找一棵全新的树，寻找一个全新的父亲。"黑暗里，你对自己说。

　　于是，有了开头那一幕。

　　那天傍晚，你看到 M 宽容的一笑，就以为自己说服了别人也说服了自己。其实，这换树的折磨仅仅是开始。你还是有个心结，那棵树被你幻想成父亲的尸骨，那它是不是可以移动？是不是可以种上一棵不同的树呢？

　　你冲下楼去，从车库里抓起一把铁锹，向那棵树走去。你要赶在改变主意之前将这棵树换掉。

　　你刨开了上面的土层。你用铁锹从根部往上一撬，再用尽全身力气将整棵树连根拔起，又顺势将它放进一只大盆里，正如它来时一样。M 二话不说，将后车厢门打开，抬起大盆，

　　小心地将那棵树平移进去。汽车在你的驱使下，像一匹脱缰的野马向大路上驶去。

　　你并没有直奔花店。你此刻身心迷乱。父亲离你而去已是现实，无法改变的现实，不舍不忍也只有接受。但眼下，悲伤与自责就像一条深沟横在你的面前，你试着壮着胆子跨过去，不行，就是不行。但你又别无选择。

　　不仅如此，你一定还另有隐痛。那是什么？

　　你看到两条铁轨，就回想起当年在新乡火车站，你送父亲上火车，不是依依不舍，而是饥饿难当。你拉着他的胳膊沉默不语，心里乞求他能留下一点儿食物充饥。他终于从口袋里掏出一张纸

币，那可能是全家的菜钱，他狠狠心递给一个提着面口袋的黑市小贩，那贩子四处张望一下，快速从又脏又破的面袋里掏出一个冷硬的馒头，你迫不及待地抓过来就往嘴里送。说时迟那时快，一只大手从天而降，从你嘴边夺过馒头——只见一个蓬头垢面的中年人狂奔而去，馒头一口就进了他的肚里。

你又惊又怕，放声大哭。父亲追了几步，气得直跺脚，连连说："真是饿疯了，孩子嘴里的食也敢夺。"那是1962年。

那印象挥之不去，那无法抹去的恐惧深深根植在你的心底。父亲自身的贫困限制了对你的给予，而社会环境的限制又造成了他的无奈。你从那时起就看出，你得靠自己。你没有退路，你没有一个可以称之为家的地方。于是你义无反顾地走向了世界，你一年一次探亲的路是寻找爱的路。说实在话，你失落过，你放弃过，你没有依靠，你怀疑过在这个世界上，有没有人无私地爱过你，而你自己有没有爱的能力。那存在于你心底的一个痛，已经很久很久，没有人知道。随着他的离去，你可以公开自己心底的秘密，你终于释然了。你曾经有过父爱，虽然没有你希望的那样完美。而你也在补习爱的功课。

你将车停在花店门前。正好一个小伙子推着一辆空车走过来。

"嗨，请帮我将这棵树搬下来，我要退换。"

琳达四十多岁，扎着两条中国式的小辫子，金黄色的发丝里夹杂着几缕灰白，像是熟透的麦穗。她一边带你走向苗圃，一边仿佛不经意地问道："这树有什么不对吗？你要换一棵什么样的树呢？"

"那树没有问题，只是我改变了主意。白花代表着丧事，它常引起我的丧父之痛，我没有勇气天天面对它，我想换一棵粉紫色、花瓣长长的那种玉兰树。"你实话实说，果然引起了她的同情。"那你是应该换上一棵让你开心的树。"琳达一边走一边说。

你们穿过一排排栽在大桶里的树木和花卉，最后在苗圃的角落里看到两株含苞待放的玉兰树在微风中摇曳。琳达告诉你，此树喜欢阳光，每年在初春开花。花开时颜色柔和鲜丽，粉里透紫。

"就是它了！"你手指其中一棵，故作潇洒状。

琳达大喜，马上张罗着包装，搬运。此刻，你松了一口气。那棵新树要跟你回家，它的命运本来与你父亲无关，如今它要在你的庭院扎根，扮演一个不同寻常的角色。

你和 M 将新树栽下去，那花正开得灿烂舒展，大片大片粉紫色的花瓣在初春的清寒空气里先声夺人，尽展美丽。你知道这不是父亲的风格，你又一次背弃了父亲的原意。

可是，又有谁知道，父亲的原意是什么。

总之，那树的根与你的根在冥冥世界中联系在了一起。一份辛酸伴随着温暖在你心头膨胀。此刻，你正对那棵树说："父亲，如果人有来世，你能不能不再委屈自己？哪怕有一点儿胆怯的快乐，活得有一点儿不张扬的色彩……"

母亲给我的乐观、积极、光明、
向上的性格，
就这样帮助我度过人生无数艰难时刻。

福顺只须修来 /

我是她教育学派的最佳范本

◎ 徐小平

一

很小很小的时候，也许是在我真正懂事前，我就有了一个"要上大学"的梦想。我记得母亲总是用一种非常自豪和喜悦的口吻说道："我家小平，将来是要上大学的……"

写下这几个字，我脑海里立即显现这样一个场景：年轻美丽的母亲，一边在家里忙前忙后，一边喜气洋洋、十分自豪地说着这句话。好像那个还穿着尿布的我，已经接到了北京大学的录取通知书！

有时候我甚至会想：是不是因为我太优秀了，以至于有关母亲教子的回忆都是美好的印象。但这个想法一闪现，我往往就会满脸通红。因为我立即意识到，以我少年时代的品行，换了另外一个性格刚烈的母亲，其实也可能被关禁闭或被鞭打无数次。

"我家小平，将来是要上大学的。"这句母亲常常挂在嘴边的话，简直成为一种神的启示，是我一生求学求知、追求真理的原动力，至今还在激励我继续努力，寻求生命更高的价值。在她老人家润物无声、春风化雨的教育方式下，我幼小的心灵，就深深地被植入了她给我的人生目标。

水的力量，最柔软也最强大。母亲就像一条河，辟出了我的人生河床和出海口。

前两年，我的大儿子进入大学入学申请的紧张时刻。有一次，他的SAT成绩考得不太理想，我流露了一点失望，儿子为了转嫁危机，愤怒地对我控诉道："你从小就要我上哈佛，你知道你给我多少压力吗！"

面对儿子的指控，我想起了他的祖母即我的母亲对我的教育方式。在上大学和人生奋斗的各种相关问题上，母亲确实从来没有给过我什么硬性指标和压力。在我人生的各个阶段，面对各种挑战和选择时，她只是让我感到了她的心愿和期待，从而也就让我知道了我应该如何让母亲高兴和幸福（上大学嘛、找工作嘛、挣钱养家嘛！）。于是，面对因为考试暂时失利而恼羞成怒的大儿子，我不禁自责起来：母亲没有上过大学，没有学过心理学，至今也没有去过美国，但她却知道，真正有效的励志教育，就是鼓励和赞美，暗示和诱导，而不是那种硬邦邦的要求和胁迫。

　　而我——在"新东方"以教育咨询而立足于世的我，至少在教育儿子问题上，做得还不如我的母亲那样好。也许，现在的我，还需要回到母亲身边，重温她那种卓有成效的教育哲学，从中汲取智慧，从而改善自己的教子方式——说不定，还能给我已经感到疲惫的教育咨询带来"春风又绿江南岸"般的启迪，重启我心中最强劲持久的澎湃动力——母爱的力量。

二

　　母亲是善良与爱的同义词。望子成龙，是天下父母共同的梦想和心愿。但不同的母亲展示善良和爱的角度，以及望子成龙的方式，确实不一样。我的母亲，有她自己的方法，而这种方法，后来也成为我自己苦心孤诣追求的人生智慧和艺术。

　　2007 年 8 月的一天，母亲过生日。我的姐妹们带着父母从老家江苏泰兴来到上海，为她老人家祝寿。那天晚上，我亲自开车带着父母和家人去浦东陆家嘴某个餐厅吃饭。

　　那天是周五晚上堵车高峰时刻，天下大雨，平时 20 分钟的路，我开了 1 个小时才到了饭店附近，眼见饭店就要到了，但是我不知怎么就迷失了方向，把车开到了通往外滩的延安路隧道里。隧道堵成了一条长长的停车走廊。我心里凉透了：要想过了隧道再返回浦东，恐怕大家今天只能吃点夜宵给母亲祝寿了！

　　汽车里一片沉默。大家都知道，今晚这个宝贵的聚会是被我的驾车技术毁于一旦了！我心中更是懊恼不已，无比沮丧，各种自责的念头纷纷冒了出来。

此时此刻，车里忽然响起一路没有说话的母亲那一如既往的平和慈祥的声音。母亲说："这样也好，走走隧道，等于是观光一次。"

列位看官，当你读到这句话，千万不要以为我母亲是在讽刺我。母亲还没有这么深刻的幽默感。她老人家其实是在宽慰我，让迷路的儿子不要因为一次方向性错误，再陷入一次情绪性迷乱中。她只是要在这看不见尽头的隧道里送给我一番勉励，让我安心开车，及早回到正确的道路上来。

"在绝望中寻找希望"——母亲对儿子言传身教的人生哲学，简直和儿子所服务的"新东方"那句著名校训如出一辙啊！

这就是我的母亲，她总是那样永远看见事物好的一面。这个精神财富，成为我自己最宝贵的性格特征之一，甚至我认为是最值钱的人生财富。

欲知母亲这种乐观主义精神如何影响了我的性格和生活，请允许我再讲这么一件与开车有关的小故事吧——有一段时间，我的司机辞职了，我决定不再找司机。我想，自己开车也有自己开车的乐趣。但是，平时不太开车的我，在短短个把月之内，连续把车磕碰了两次。虽然不是什么大事故，但着实令人烦恼，尤其是我的太太，既心疼车，又心疼钱，还心疼自己嫁给了这么一个愚笨的司机。

在连续修车两次之后，有一次，我把整修一新的车从修车厂开回家。再次上路，在拐弯的时候，一不小心又碰到了墙角，再次把车门撞坏。太太坐在车里，脸色铁青，准备全面发作。这时，一个我自己都不相信的声音，从我嘴里冒出来。我居然用一种好像是发现自己中奖后大喜过望的声音说："太好了！一个月撞车3次，这证明一个真理——我必须找一个司机了！"

坐在旁边本来要大大发作一次的太太，看到我这个奇怪的反应，感受到极度震撼，半天才说出一句话来："你这种脑子进水的乐观主义，I 真是服了 you ！"

很快，我找到了新的司机，从此，我的爱车再也没有碰撞过。

有其母必有其子。母亲在隧道里寻找风景，儿子在撞车时想念司机。母亲给我的这种积极乐观的思维方式，成为我人生较少撞车，即使撞了车也不愤怒，也会迅速修复并避免再撞的巨大精神财富。

谁言慈母爱，只是身上衣？母亲给我的乐观、积极、光明、向上的性格，就这样帮助我度过人生无数艰难时刻——我有过无数艰难时刻，但从来没有过绝望时刻。

三

母亲的乐观主义不知从何而来。这可能就是她善良美丽的天性，或许是她面对有时候并不美好的生活的一种选择。

应对生活的压力，母亲的言传身教至今使我难忘。我还记得，如果家里的饭菜坏了，母亲舍不得倒掉，会说"不要浪费"，

然

后放到锅里加热之后把它吃掉。现在，我只要看见剩下的饭菜，就会想起母亲的这个举动，同时想，剩饭不该浪费，身体就可以摧残吗？但上帝保佑母亲，给了她一个抗体特强的胃，我还真想不起母亲曾经因为吃馊了的饭菜而住院的事。

小时候的记忆，充盈着母亲为衣食住行而竭力奋斗的往事。比如为了全家人的穿衣问题，给我印象最深的，是母亲常常说买"零头布"。我常常听母亲夸耀她又买到了多少"零头布"，母亲这种生活态度，深刻地影响了我的生活观念。我曾经在一本书里，描写过一名女生在北京艰苦奋斗的故事，我写道：和许多夸耀其衣服昂贵的女孩子相反，沙玫总是得意而自豪地告诉我这件衣服多么便宜……劳动人民贫穷而有尊严的生活品德，在她身上闪闪发光。沙玫这种在逆境中展示的积极生活态度，总使我想起我的妈妈。

在"新东方"的咨询工作中，我倾注最多的心血去帮助的，就有许多这样的女生。也许，这是我心中"恋母情结"的一种升华方式？但毫无疑问，母亲的人格、性格和品德，成为我一生待人接物、为人处世的基本标准。

四

母亲是所有儿子的巨著，母亲是所有女儿的史诗，母亲是所有人最最崇拜的女神。关于母亲的故事，我们一辈子都讲不完。

还是去年夏天在上海给母亲祝寿的那几天，我带父母出去吃饭，到了一个用刀叉的餐厅。母亲问我一些西餐礼仪，我就手把手告诉她如何使用刀叉，如何切割牛肉。母亲饶有兴致地模仿着、练习着，但她老迈的双手，那双曾经喂过我稀饭、洗过我尿布、买过零头布、挣钱养活过我们全家的双手，已经颤颤巍巍，布满岁月的沧桑。

我拿过母亲的盘子，替她把牛排一块块切好，然后，看着母亲用颤抖的手，开心地把我为她切开的牛排送进嘴里品尝。我的心里忽然涌上一阵感动——小时候，母亲不就是这样喂我吃饭、教我table manner（餐桌礼仪）吗？时光流逝，母亲如今进入夕阳余晖的晚年，而我，正是日当正午的壮年。能够为年迈的母亲奉献一份儿子的孝敬和关怀，让她为儿子的孝心感到幸福自豪，这真是人生最大的满足啊！

想到这里，我对生活充满了感激，对神明充溢着无限感恩。

一首歌，德沃夏克的《母亲教我的歌》，在我耳边响起，我的眼泪也流了出来……

当我幼年的时候母亲教我歌唱在她慈爱的眼里隐约闪着泪光如今我教我的孩子们唱这首难忘的歌曲我的辛酸的眼泪滴滴流在我这憔悴的脸上……

对于孩子，散养比圈养好，

对于老人也是一样，

这也许是父母想让我们明白的。

福顺只须修来 /

还是放养双亲

◎ 南在南方

父亲看着墙上的中国地图说，咱陕西这块地方像一把钥匙。说完这句话，他下意识地摸了一下裤带，那里系着一串钥匙，能打开一处挂着锁的老房。这处房子在陕南，藏在一条山沟里。这是他和母亲来武汉的第二天，外面正在下雪，亮着的电暖器像一盆火，父亲嫌这东西费电。

他说，要是在家里，给火塘加些柴……母亲打断了他的思路说，这个东西多好使，烧柴火满屋都是烟……

人在外思乡心切，就算和儿孙在一起也挡不住。我明白这样的心思，于是，我接着这个话题，和父亲聊了火塘里的茶罐、煨着的酒、埋在火灰里的洋芋。父亲的心思好像不在这里。他说，这么冷的天，不晓得花脸猫咋样了？

这个问题把我的心思一下也扯远了。我在武汉待了十来年，接父亲母亲分别来住过几次，总要留一个人在家里，照应庄稼、人情礼往，还有花脸猫。

这次，他们能一起来这里过年，下了很大的决心。那些地得找到接手种的，不然荒着那像什么话！打电话或者托人转告他们的行踪，不然客人来了大门锁着那像什么话！至于花脸猫，自然也要请人来做猫饭，不然成了野猫那像什么话！把这些事办好了，他们才肯动身。

他们不知道我和妹妹弟弟的想法——这次他们来城里了，就在城里待着。要是着急，就换个地方。妹妹在西安，弟弟在南京，到处都有景致，让他们走一走看一看，享享清福。

总之，不能再回老家住了。不过，这想法我们都先藏着，得潜移默化，不然，他们会觉得被"劫持"了，会起相反的作用。

这些想法都是好的。其实，他们来了，还是把他们落下了，除了周末，家里只有他们。我和妻子上班，孩子上学，都是早晨出门，晚上才回来。幸好，还有一只名叫小朱的狗给他们摇头摆尾、跳高打滚，能添些笑声。

刚来那几天，我中午回家给他们做饭。父亲说上班比种地累，要我歇着。于是，我在单位睡午觉之前，打电话问他们吃了没，回说吃了，要么苞谷糊糊，要么洋芋煮豆角，要么青菜煮豆腐条，都是老家的吃法。

晚上，我和父亲照例要喝杯酒，扯些闲话，通常我会说到某个邻居或者亲戚到城里去了之后是如何生活的，比如下棋，比如看书。说到有一位表爷还上老年大学学书法了，父亲笑笑说，那是没办法的事，城里没有地嘛，手闲着也累。

父亲喜欢看书，看了《浮生六记》，说写得真好，可惜沈复和芸娘命太苦了。那本书里还附有蒋坦的《秋灯琐忆》，他夸这篇很好，这一男一女善始善终。他看了汪曾祺的《人间草木》，夸汪先生家常，是个好老汉。

父亲看书时，母亲要么逗弄小朱，要么坐在阳台上看看花草。母亲进过扫盲班，开始能认一些字，后来全忘了。后来我上学时，母亲要我好好地学。等到她的三个儿女都在城里成家立业，有天她叹息一声："原来养了三个客呀！"他们羡慕别人家里有老头，有青年，有小孩。其实，我们家也是这样的，却分散在几个地方。

我听到这句话时很伤感。我在城里这些年经常没有归属感，时常发些"梦里不知身是客"的牢骚，犯愁的事情层出不穷，可每次回老家，总要做出一副踌躇满志的样子，生怕父母忧心。其实他们怎能不忧心呢？在奔赴城市的路上，他们躬身做垫脚石，到后来我们忘记了最初的梦想，陷在世俗里。就算每年都回家探望，但一个事实就是——不说是抛弃了父母，至少是舍弃了父母。当别人家济济一堂享天伦之乐时，他们只有艳羡的份儿，并且生怕给儿女添麻烦。

前年母亲摔倒在地里，半边身子不能动了，他们竟然没吭一声。幸好我打电话回去，母亲还说不要紧，睡一夜明儿就好啦。我当下明白是怎么回事，立刻电告亲友帮忙送到县医院。虽说脑部出血点位置不伤要害，但手脚依然有障碍……母亲说，这一回花了那么多钱，就像你们买回来一个妈，我得好好活几年，不然，你们太划不来了……

我们有十万个理由把父母留在身边。一个月后的一天，我跟他们说了，他们没有说好，也没说不好。

有天晚上，父亲和我谈起了生死，说起了他预备的墓地位置。他说他要是死在城里，一定要把骨灰送回老家，他说他答应过祖母死后陪在身边；他说那地方离老屋近，就像换个地方睡觉一样的，离屋近还有个好处，你们想看一下我，不用跑路……我想，是不是留他在城里这事儿给他压力了？

他们还是孤单。我每次下班，他们都像五星级酒店的门童那样站在门口，眼巴巴地，看样子等了很久。

我说，以前每年回去两次，现在天天在一起，怎么还等起来了？母亲说，那样习惯了，现在不一样了，有盼头嘛。

周末扶着母亲去不远处的小广场晒太阳，母亲坐在那里，忽然指着一个人说，像咱们村里的一个人。这只是开始，后来每次下楼，她总能看到一个人像我们村里的一个人，要么背影像，要么头发像，要么走路姿势像。有一天，她看见一只松狮狗，这狗有个特点，怎么看都很忧愁，母亲忽然乐了，说，你看这狗多像某某某！我也笑起来，她说的那个邻人不苟言笑，倒真有几分神似。

我笑着笑着，心一紧，原来母亲也在思乡。

年关一点一点近了，城市虽然少有年味，但年货总得准备。这时，他们想念老家的腊月，烧酒的香，熬糖的香，左邻右舍欢快的声音，而这里缺这一份热气腾腾。每有亲朋来电话问候，父亲总说挺好的，挂了电话会若有若无地叹息一声。有天，我回来，父亲很开心地说，那位上老年大学学书法的表爷打电话来了，他回老家啦，不住城里啦，说就像一棵玉米种在公园里，怎么看怎么不是一棵庄稼！

看来，表爷的话让父亲产生了共鸣，我又怃忑了一会儿。

春节前两天弟弟从南京过来，说起前不久去广州出差看望一位老邻人的事情，说那位邻人拉着他的手哭得眼泪一把鼻涕一把。弟弟说，一个老头子怎么会那样哭。父亲说年轻人不知道乡情，古人把他乡遇故知跟洞房花烛夜列入人生四大喜事，那可不是胡乱瞎扯的！

父母第一次没在老家过年，我们也一样。

母亲说前一阵给老家一位王神仙许了愿，让我去买了香火。我腾了一个花盆的土放在阳台上。母亲跟王神仙说，对不住，隔了这么远，害你跑路，这城里又不敢放鞭炮，怠慢你了，等我回去再敬你，我给你许的愿你可要尽心呀……

我问母亲许了啥愿，母亲笑着不说。我又问，母亲说请王神仙保佑我有瞌睡！母亲说她都一觉睡醒了，看我还坐着，就许愿请王神仙让我早点睡觉……

正月初二，阳光很好，我们去公园玩了一趟。站在巨大的银杏树下，父亲说起老家有一棵桦树让人连根挖了栽在县城的公园里，有人还拍了相片回来，说树底下人来人往热闹得很，可这跟树没啥关系呀！父亲的话有些突然，但我听懂了他的意思，他要回老家。

正月初五，弟弟接父母去了南京。三月初，父亲母亲坚持要回老家，弟弟问我怎么办，我说，送他们回吧，城里留不住嘛……

弟弟说，父亲打开老家的门时，猫突然扑了出来，像个委屈的孩子，二老差点哭了。

我不再打让父母住在城里的主意了，就算不能陪在他们身边，至少他们还有邻居，还有瓜果，还有老锅老碗，还有过往。而城市是一把剪刀，把什么都剪碎了，除了儿女，可儿女属于公司，属于妻子或者丈夫，属于孩子，属于柴米油盐……当然也属于他们，不过已经分解得差不多了。

对于孩子，散养比圈养好，对于老人也是一样，这也许是父母想让我们明白的。有许多福的确是福，但他们消受不起，他们那点福在村庄，如父亲拟的一副对联："粗茶淡饭布衣裳，这点福没关系；齐家治国平天下，那些事对不起。"

这样想时，我给这副对联补了个横批："晚安晚年。"

姥姥的蚊帐

◎ 叶倾城

1962 年，我妈第一次走出小乡村，背着被褥卷，搭汽车，转火车，从河南出发，去武汉上大学。半个月之后，她写信给我姥姥："同学们都有蚊帐，我没有。"姥姥回信："蚊帐是什么？"

我妈详详细细写给姥姥："蚊帐是一种很稀很稀的棉布，和床一样长一样宽，高度比两张床之间的距离多一些。"

没画图吗？蚊帐有一面是要开门的，不画图怎么说得清？已经荣升为姥姥的我妈，戴着老花镜在飞针走线改造购物袋，语气里有小小的得意："当然说得清。姥姥可不是你，比你明白多了。"

就这样，那年新棉花下季的时候，姥姥纺线，织"很稀很稀的棉布"，裁剪、缝纫。暑假结束，我妈再上学的时候，行李里有她小小的自矜：她，也有蚊帐了。我和姥姥的蚊帐扯上关系，是 30 年后的事。那几年，我家三姐妹相继考上大学，三度治装，是笔很不小的开销，到了我，一切因陋就简。搪瓷脸盆是掉漆的，枕巾其实就是毛巾，还有这一床蚊帐，我妈给我的时候千叮万嘱："这是我上大学时姥姥给我做的，你爱惜着点儿。"

我接受它，像五四"文青"娶指腹为婚的童养媳，打心眼儿里就不想要。它小，和单人铁架床严丝合缝，本来就狭小的床铺，给这么密不透风地一笼，我恰如被抢亲的祥林嫂，五花大绑在花轿里，轿门一开，人就倒出来；它孔眼大，疏疏落落像蒸馒头用的笼屉布，充满了"只防大蚊不防细虻"的君子作风；最重要的是，它太旧了，土布已经灰得发黑。它在我头顶上，穹庐似天，阴阴欲雨。全寝室女生的蚊帐都洁白如雪，只有我的毫不客气地给大家抹黑。

有一次，一个外班女生来寝室逛，我听见她向人打探："那是谁的床？看着好脏。"

"脏？"我很愤怒，却没法向人解释：它不是脏，只是积了太多水洗不净的历史尘埃，是故纸堆、旧窖藏、米烂陈仓的色调。

它很快就裂了大口子，大概是被我一屁股坐上去了，布质已朽，经不住我的体重。我带回家给我妈过了目，确实不堪用了。于是，弃之。

直到现在，我才意识到，我抛掉了这世上最后一件沾有姥姥手泽的事物。

上大学是不是非得有一床蚊帐？我妈当年的行为，算不算虚荣心作祟？我猜姥姥没想那些，她的想法很简单：我们没有，这不丢人，人家有，我妮（女儿）也可以有。

输人不能输阵，在她能掌控的范围内，姥姥尽其所能，竭尽所有。她的爱与尊严，全在这一针一线里。

我妈，从学生到人妇人母，从武汉到东北再到武汉，走过多少城市又换过多少住所，八千里路，云来月往，她一直带着这土布蚊帐，到最后给了我，是希望它发挥最后一次余热吧。它果然做到了，物若有灵，也算死得其所。

而我，长到很大，才知道我家其实一直很穷：两边老人，三个孩子，无数沾亲带故的农村亲戚。但我从不曾感受过穷。该有的电器家具我家全有，是我爸做的。我长期穿姐姐们穿剩的衣服，我妈硬有本事把它们处理成华美的绲边。我的大学同学记得我背过的牛仔书包，时髦得紧，也是我妈的手工。她为我们打理一切，正如她的母亲为她。我在物质上明明是贫瘠的，却从来不曾感觉到寒酸卑微。贫穷不是耻辱，但活得不体面是。展示匮乏如同展示结痂的创口，非我家风。

现在我也做了母亲，不会任何针线活，我妈安慰我："你会写文章。"我唯一的骄傲是：我与我的母亲、我的姥姥一样，都是非常勤勉的女子，愿意勤扒苦做，只为了让这人生更丰盛富饶。

是的，姥姥的蚊帐，我的文章，都是我们能给子孙的，含笑而略带酸楚的爱。

两个不同地域的陌生人，在时空的某一点遇上，组成一个家，
从无到有，养育儿女，帮带儿女的儿女，送走各自的父母……
两人互为归途。

40 年

◎ 陈蔚文

一

　　父母结婚40周年纪念日，红宝石婚。有朋友说，送颗红宝石表示表示吧！对我妈来说，红宝石不如顶针实用；对于我爸来说，红宝石远不如52度"梦之蓝"白酒之类来得贴心。

　　40周年纪念日，他们分居两城。为了我和姐姐，他们候鸟般游走，各守一方。我让驻扎我方的父亲给母亲打电话发表一下纪念日感言，他羞赧拒绝。他们老夫老妻了，本不是浪漫派。母亲表示对父亲的亲昵时，会把平日的"老陈"改为他名字的后两个字，最亲热时，叫最后一个字"霖"，不过这种时候不多。父亲呢，从没简称过母亲，他一直全须全尾地叫她的名字，后面随时可加上"同志"二字。他们从没互赠过礼物，当我们的面没互诉过衷肠，我以前觉得，他俩最大的默契就是在"修理"我和姐姐这事上。

他们全然是两样人。父亲开朗、热忱，万事不疑，"他有颗水滴般透明的心"——小学作文里的话原来是有真人原型的。

我母亲也不是不开朗，她在单位里人缘挺好，活络，有说有笑，但那只是她公开的一面。她骨子里性情悲观、消极，对万事有疑，任何事第一念就是奔最坏的地方去——这像是她为了杜绝更坏而用的必杀技。我真挺烦她的，在她身上，我看到相似的自己。

父亲豪爽。他虽是浙江人，但做派完全是东北那疙瘩的。就说包饺子，他一包几百个，送亲友，送同事，送邻居，最后塞满冰箱。他烧菜的大盆大钵之风被家人多次数落，还是照旧。他是个性情豁达、愿酬天下客的人，他喜欢分量足的人生。他平生好看武侠小说，没有金庸，古龙的也行；没有古龙，金庸的也凑合。在古代，他没准儿是位行走江湖的大侠。

我母亲也不是不爱生活，但她是以"你好，忧愁"的方式爱的。她无时无刻不在忧愁中，这也许与她孱弱多病有关。从我有记忆起她身体就不好，药是日常食粮。

她对饮食、服装这些全无兴趣，那种母女逛街把衣试的场景在我的记忆中是缺席的，对邀她上街这事我简直口都不用开，其难度相当于要我主动追求一位心仪的男士。

那么她有没有爱好呢？似乎没有。啊，她喜欢跳舞！我二十几岁时，有个朋友请她跳过一支舞，她觉得他带得不错，遂有招婿之意，只是我未如她愿。近些年，她腿脚渐糟，便没机会实践这爱好了。

父亲的爱好相对丰富多了，军事、打牌、象棋、钓鱼……他俩的共同语言是什么？

我发现以前我对"共同语言"的理解狭隘了，共同语言不是特指兴趣上的共同语言，而是广义的共同面对生活的语言，有后者就够了，它涵盖了责任。

两人都是急性子，我母亲是有事没事起急，父亲是集中急一次大的。母亲对我父亲万事不疑并吃亏上当多次恨其不争，但恨也无用，她最后寻求的自我安慰是：哪怕钱被骗光了，父亲人在就好。没准儿，那些钱就是为我父亲消灾的——钱去人安嘛。

"相敬如宾"这词是不适用于他们的，前些年架吵得不少，至少不像他们如今以为的那样少，尤其年节，特别是年三十，好像黄历上写着"除夕宜吵架"似的。因为年节涉及花销，父母是两边家里重要的经济支柱。每当口角升级，我父亲犟劲儿上来后，母亲反过来对他好言相劝，笑脸相迎。我看着来气："早干吗去了，非把我爸惹火？"因着他们固定的吵架模式，战火再升级也升不到哪儿去，隔几日我母亲的声音在家中渐渐又高起时，意味着战火的彻底平息。

二

近年，因家里第三代的问世，他们没来得及在退休后的日子里喘匀辛苦一辈子的气，又忙活上了。我的孩子和姐的相差一岁，孩子3岁前都由他们一手带着，3岁后，他们分驻两城帮忙，聚少离多。母亲有次伤感地说，年轻时，你爸在部队，我们分居两地，现在年纪大了，又分居了。

春节，他们聚了10天。那10天，他们在自己家，俩孩子还常在那儿，两人都想和平日没在身边的那个孩子多亲近亲近，家里仍然闹哄哄。

那些天，父亲每晚半夜起来为母亲端水递药。他睡眠差，母亲一咳他更没法睡，也不止那些天，多少年就这么过来了。半夜里睡不着，俩人说说话，主要是围绕我和姐的生活吧，批评、失落，也许最后以"比上不足，比下有余"的相互劝慰收尾——我这么猜。纵使我父亲这样天性的人，被母亲多年熏陶，也有些受她影响了，有些事上爱钻牛角尖。他这样性情的人一旦钻起牛角尖来比我母亲还难开解，这是我所不愿的。但父亲是顾大局的，对儿女再有气，仍是为仆为父，任劳任怨，兢兢业业。

当年，父亲从戎，调驻江西樟树空军部队时，经人介绍认识了在南昌工作的母亲，两人对上眼了。母亲年轻时面容秀丽，她没看中此前任何一位追求者，却相中了我父亲。那时，外公外婆在远郊上班。父母定下婚事后，大雪天，父亲步行十几里路去向外公外婆禀报。那是一段多么寒冷、遥远又滚烫的路途！我相信，父亲是怀着一步步丈量幸福的心情走到那儿的。

1972年2月9日，他们开始了婚姻生活。当年11月，有了第一个女儿，两年后的炎夏，有了第二个。父亲在部队，母亲一边上班一边拉扯我们。她和我们说起过一件事：有一回单位发了电影票，她领我和姐姐去看，坐在旁边的一位男同事趁黑去握她的手，倾诉对她的爱慕，母亲起身领着我们就走了！那年月，看场电影不易，浪费一场电影对母亲来说一定心疼，可她毫不犹豫地走了。

我对父亲在部队最深的记忆是，他永远吃最便宜的伙食。小学假期，我去他所在的部队小住，食堂有人与他打招呼："陈参谋长，今天总要加个菜吧？"省下的工资，父亲贴补两边家里。

他和母亲似乎从没一起逛过一次街（除了超市），即使后来经济条件不成问题后。他们好像只有最基本的生活，在这最基本的生活里，吵吵闹闹地，儿女成人了，他们老了。

多年后我才明白，他们之前太克制最基本生活之外的兴味和欲望，克制久了，就成了他们自己以为一开始便是的状态。

40周年纪念日，截至晚饭时，父亲和母亲各收到二舅的贺电一次，他俩相互通电话两次（晚饭后肯定还得通一次）。我问："妈说什么？""还能说什么。"父亲答，"你妈让我少喝酒，还说，今天各自庆贺吧。"父亲午饭在战友家吃的，母亲第一个电话嘱他少喝，第二个电话问他有没有喝醉。

以前看王朔写给女儿的信，他嘱咐女儿和妻子在美国注意安全。他说："现在的太平像画在玻璃上，你们那边稍一磕绊，我这边就一地粉碎。"亲人间就是这样，我父母也这样。母亲让他少抽烟、少喝酒的话唠叨了至少有几吨，她自己也知道这几吨的内容像空气，可还是锲而不舍地说，有时当着一桌人的面，不管人家是否难堪。除此外，他们还说什么呢？当然不会说儿女情长，比如今天母亲告诉父亲她买了冬笋，12块1斤，父亲说他买了米粉和洋葱。就是这些，两个城市的菜价、天气、孩子，从分别说到下次见面。零碎之极，只是，这些零碎以40年的规模呈现，还是挺了不起！

两个不同地域的陌生人，在时空的某一点遇上，组成一个家，从无到有，养育儿女，帮带儿女的儿女，送走各自的父母……两人互为归途。这途中，没有甜食般的爱情，只有盐一样的平淡可靠。夜半起身，有人递杯水，拿颗药，说几句话，天色在窗外一点点就亮了。

这一回是睡着待客

◎ 南在南方

初冬，我回家，站在他的门前，那副对联依然鲜红。只是院子里没了他，挂在墙上的草帽让风吹落在地上，那牡丹的枝条看上去像是含着春天。

大人小孩儿都管他叫三先生，说三先生放牛啊，三先生写字啊，三先生吃饭啊。三先生答一句，嗯。平常三先生寡言，可嘴角却总有笑，有人就说了，要是三先生肚子能大点儿，活脱脱一尊弥勒佛嘛。

在我老家，三先生是个能人。在农村，能人的标准首先是手巧。三先生手巧，把庄稼种得横看成行侧成列，会木匠活儿，会水泥活儿，又写一手好字，会画红牡丹，还懂草药。

在农村光是手巧只能是个匠人，要成为能人，还得心灵。三先生心灵，十里八村谁有个纠纷，谁有个红白喜事，都要请三先生。

三先生包了毛笔，去了之后，会在纸上列个条理，这时他一改木讷之相，变得滔滔不绝，一是一，二是二，把事情理得通通顺顺的。

三先生是个奇人。他年轻时在院子里种的牡丹，极高大，开得最盛的时候有三百朵花。有一年来了城里人想买，给的价钱无疑是很高的，三先生不卖。那人不死心，第二天又来问是不是嫌钱少了。三先生说，钱再多也不卖。那人问为啥，三先生只一句话："我要留着看咧。"

三先生是个好人。当然，除了两件事情。一个是他媳妇快要去世时，他上山砍柴，放声唱歌，并且唱的是酸曲儿。就有人说了："你媳妇快没了，还有心思唱？"他说："我不唱也救不了她呀！"接着唱开了。于是，就有人说他巴不得媳妇死好换新的。后来就不说了，因为三先生再也没找女人，每年媳妇的祭日，总要做一桌菜端在坟前，唤媳妇的小名儿。

还有一个事是他写春联，几十年就那么一副："黄金无种偏生诗书门第，丹桂有根独长勤俭人家。"有人觉得他过于张扬了，张扬是要有资本的，问题是三先生没资本，不穷也不富，晚一辈也没有给他长脸的。虽说儿子在城里打工挣钱，但也不能把自家说成诗书门第吧？

但这些不影响乡亲宠爱、礼遇三先生。我和三先生的交往从一本书开始。那年我回家带了一本《庄子》看，他好像很高兴我看这本书。因为庄子，我们说了许多话，他说到庄子鼓盆而歌的事情，夸庄子是神人。我突然想起他当年唱歌的事情——也许跟庄子殊途同归？他知道我写点文章，隔日写了一句话："世事洞明皆学问，人情练达即文章。"

纸还有空余，又写了一句："饥来吃饭倦来眠，眼前景致口头语。"我说："后一句是文字禅嘛。"他有一点吃惊，从此便对我刮目相看，四处扬我的名儿。

这般，我们就结成了松散的忘年交。我回老家，会到他那里坐一坐。他炒两个菜，温一壶酒，坐在屋檐下吃喝……一转眼，白霜已上头顶。

今年春天，他看上去消瘦多了，照例温了一壶酒，但这次他只是劝我喝，自己不喝，说是食道发炎了。我问有什么症状，他说有点噎，有点吐，已经吃了消炎药了。他这样说时，看了看那口新做的棺材。棺材放在堂屋的角落里，发着幽暗的光。接着他说："去年冬天做的，看着气派吧？"我点头称是。他说："你去摸摸。"我进屋摸了摸，他说："土漆漆的，白杨树做的！"

在当地，差不多的棺材都用柏木，没有人用白杨木做棺，因为白杨树木质太松软。他看出了我的疑问，呵呵笑了笑说："现在村子里的年轻人都出去打工了，剩下的都是老汉半老汉，哪能抬得动几百斤的柏木棺材？"

又说："活着就是给人添麻烦，死了得让人轻松一下，最好是无'棺'一身轻嘛。"他又一次快活地笑了。

我劝他到县里医院做个检查，他说肯定要去一下的。

转眼到了夏天，有次我打电话给父亲，父亲说三先生得了食道癌，他儿子回来领着上县里看了，一天医院也没住就回来了，说是已经六十多岁了，多活半年有啥意思？我叹息了一阵子，想着哪天给三先生打个电话。

不承想，还没打就接到他儿子的电话，要我劝他父亲。说是像头牛似的，一辈子只晓得辛苦，他是故意的，明明知道自己病了，就那样遮遮掩掩，领着他去了医院，人家医生一确诊，他倒高兴坏了似的，豁着牙笑，坚决不看病……"他这样一弄，让我们当儿女的咋想？他白白当了一趟爹，白白把我们养大，啥也不要我们的，这不是打我们的脸吗？"

话筒转到三先生手里，我劝他给儿女一个机会，就算是要死，也要减轻点痛苦。他温和地说了喝钡餐的事情，说那东西为啥会叫餐咧，看着怪恶心的。又说："附近得这个病的人多，也有做了手术的，不顶用，最后都啥也吃不了，都受罪，做了手术受罪时间还长些。儿女的想法也对，想要花钱，我当然要让他们花钱啦。"至于如何花钱，他说保密。

我无话可说，隔几天打个电话给三先生，开始他接，后来接不动了，是他儿子接的。他的病情一天天恶化，他儿子说他最大的愿望是死在秋天，说是天气凉了，气味小些。

三先生如愿死在初秋，据说昏迷了三次，都被儿女喊了回来。最后一次，三先生轻轻地说："别再喊了啊，我太累了。"

三先生去世之后，枕下压着一张纸，列了菜谱、烟酒，标准都高出当地丧礼许多，这也许就是他说的让儿女花钱的事情。菜谱的开头他孩子气地写着："这一回我是睡着待客。"

另外，他给自己写了一副对联，上联"莫放春秋佳日过"，下联："且饮故人酒一杯"，横批："恕不远送"。据说，十里八村的乡亲看着这副对联都哭了。

初冬，我回家，站在他的门前，那副对联依然鲜红。只是院子里没了他，挂在墙上的草帽被风吹落在地上，那牡丹的枝条看上去像是含着春天。

我们都在责怪她平日里的唠叨和埋怨，

其实，真实的家庭生活不就是在这些平凡的唠叨和埋怨中一天天

度过的吗？

福顺只须修来 /

花儿恋曲

◎ 杨风琳

如果不是那场意外，我可能一直都认为父母的婚姻中没有"恩爱"这两个字。有的只是母亲无休无止地唠叨和对父亲的各种不满。

意外发生在父亲一个人在家时不小心摔倒，股骨头骨折了。在医院做完手术，接连三天，他不愿吃饭，我们苦口婆心地开导，也只是勉强喝几口粥。

我们百思不得其解，同病房的骨折病人没一个像他这么颓废的。第四日，他突然问："你妈怎么没来？"我哥说："这两天下雪，路滑，来医院得换两次公交车……"

他知道她是路盲。两人上街，她从不操心怎么换车。但哥哥没告诉他，他做手术时，守在手术室外的母亲一不留神崴了脚，脚背肿得似馒头，第二天血压升高，在小区诊所里输液。

听到他不吃饭的消息，她坚持要去医院，儿女们都不答应：

"你脚肿成这样，血压又这么高，若再有个闪失，我们照顾谁呢？"
她只好打消了去医院的念头。

父亲出了院，一见他瘦削的面颊，母亲立即埋怨起来："我
要守在医院，他不吃饭，训他几句，他也会乖乖地吃，可你们就
是不让去。"转头又埋怨父亲："你怎么回事，又不是得了什么
大病，只是受了点伤，思想上背什么负担？"

第二天，她对我们说："你爸说医院那个环境让他觉得生不
如死。还说知道我记不住路，为什么不打个的去看看他。"原来
那个时候，他最想见的是她，哪怕是听她的训斥。我们顿感内疚。

卧床不能动，他三天解不下大便，只好靠药物帮助，结果一
天拉稀十几次。她正擦洗着，突然扑哧一笑："快八十岁的人了，
还要像拉扯月娃子似的揩屁股。"

每天除了给他擦洗身体，还要按摩。这天她突然发现他胳膊
和腿上的肌肉都在晃。母亲惊慌失措，悄悄叫过我和姐姐，泪流
满面："你爸这次恐怕不行了，我刚捏他的胳膊和腿，上面的肉
都掉下来了，就剩下皮……"

"那是肌肉萎缩。医生早都说了，卧床病人的肌肉都会萎缩。
等他骨头长好，加强锻炼，很快就会恢复的。"姐姐打断她的话。

她半信半疑地擦干眼泪，又去给他捏腿。母亲幽幽地说："你
可要快点好起来呀，你要是有个三长两短，我一个人晚上害怕得
觉也睡不成。"

他知道她向来就胆小，从不敢独自睡觉。

她叹口气："唉，我说你这个人就是心小，绊了一跤，伤个骨头，你就想不开。前面楼上的老王，都八十好几的人了，去年也摔骨折了，现在好好的，整天在院子里转悠。"

"来，我给你唱两首'花儿'（家乡的民歌）宽宽心。"

她轻声唱起来："你七十六的高龄活下了，八十的跟前快到了。儿女们孝顺的福享了，还有啥想不开的事了。""玫瑰花开败时要落哩，人到年岁时老哩。生老病死是千古的理，你惆怅熬煎着咋哩。"

他闭着眼，一副满足而惬意的样子。她给他宽心的方式也让我们耳目一新。

吃过晚饭，她独自一人从柜子里拿出一个包袱，打开后拿出一摞信开始整理。她说："这是当年你爸在北京工作那两年，我们俩通的信。"

"你还会写信？"我很诧异。

"我小学三年级文化，这不，信上的错别字都让你爸给改了。"

接过信细看起来，这一看，我目瞪口呆。

两人所有的往来信件，在说完生活琐事后，末尾都写首自编的"花儿"来诉说相思之情。

读着她的信，眼前赫然出现在家乡的深宅大院里，年轻美丽的她趴在炕桌上，一笔一画地将自己的思念之情写在那页纸上："白龙马要吃黄河的水，多会着（什么时候）江沿上到哩。阿妹想你的心儿痛，啥时候见一个面哩。""十字大路上车子响，车头蹲的是凤凰。嘴说个没想着硬撑强，心想着骨头里渗上。""高高山上的水贵了，黑刺哈洗成个炭了。日子们多了着背了，怕再好的心肠变了……"

而父亲的信更让我无法与他沉默寡言的形象联系起来："大清早喜鹊叫着为哪般，看见了日思夜盼的信件。阿哥穿上你做的鞋到处转，北京城夸你的针线。""三月里到了这三月三，王母娘娘的生诞。一年三百六十天，没有个不想你的半天。""一对鸭子一对鹅，鹅飞到江沿上了。不吃不喝也不饿，心扯到你身上了。""红牡丹红着耀人哩，白牡丹白着破哩。你死时我陪着你死哩，你活时我陪你老哩……"

"你死时我陪着你死哩，你活时我陪你老哩。"顿时，我心里波涛翻滚，有种想大声呐喊的冲动。

她有点羞赧地说："你爸这人嘴笨，不会说，写的信人爱看。"

一首首热辣、滚烫的情歌在眼前跳跃，我为自己多年来的误解感到惭愧。我们都在责怪她平日里的唠叨和埋怨，其实，真实的家庭生活不就是在这些平凡的唠叨和埋怨中一天天度过的吗？

真实的生活会褪去浪漫的色彩，但却不能褪去他们心中珍藏的感情和永不凋谢的爱。

他们

◎ 海 宁

明明是亲兄弟嘛，交往却那么少

好多年前，每年春节回老家陪奶奶过年，爸总会去商场买一桶红星二锅头。那种 10 斤装的大桶，拎着上车下车，中间还要倒一次车，很麻烦。

但爸总是不厌其烦，这是每次回去必带的，带给大伯。

小时候不晓得大伯比爸大几岁，看上去要大了许多。面貌倒是有几分相似，都是浓眉大眼、棱角分明的男子，气质却有天壤之别：爸是武装部的干部，衣着得体，气宇轩昂；而大伯，在冬天见到他，永远是那种灰扑扑的旧棉袄，面容也是黝黑的，额头早早就有了深深的皱纹。他吃饭的时候会喝点酒，很陶醉于爸带回去的高度二锅头，说这才像酒。

那种高度酒，平常爸是不喝的，但每次和大伯在一起会喝上两杯，至微醉。

他们一起喝酒的时候很少有对话。大伯话少，说话又慢，常常是爸问起来，他答两句。

很多年后，对大伯的印象也仅限于此。原本见得少，大伯又那么寡言。也是到了多年以后，才醒悟其实那时爸和大伯都还年轻，也不过 30 多岁，而大伯也只比爸大了两岁，是农村劳苦的生活让他早早就苍老了。

有时会疑惑大伯和爸的感情，明明是亲兄弟嘛，交往却那么少，也不觉得亲。我记忆中，有很多年，大伯从不曾去过我家。

也不过是 200 公里的路程。曾经问过爸，爸想了想说，大伯不爱出门，一辈子没出过远门，大抵去的最远的地方就是老家的县城了。

爸说，你大伯很倔的

大伯不能再喝二锅头的时候，我已经工作了。奶奶早已去世，爸也已经退休，而大伯更是彻底成了老人。他依然消瘦，眼神越发混浊，花白的头发永远是凌乱的。每天早饭后牵了两只羊去野外，午后牵回来拴在院子里。下午无事，和村里的老人一起蹲在墙根儿晒太阳。

因为有了车，再回老家，会带一些家里不用的家电、旧衣或者厨具。

对那些旧物，大伯都乐于接受。只是那一年的二锅头，虽然买了最贵的，大伯也只咂咂嘴表示惋惜，说不能喝了，启民不让喝了。

启民是村里的一个医生，大伯信他的话。

爸沉吟良久，说，还是去市里的医院看看吧。大伯的腰上有老毛病，经常会疼，疼起来的时候很要命，还经常会头晕。

大伯摇头，这点病也要不了命，再说医院不好，没病也看出病来。

爸就不再说什么。回去的途中，爸说，你大伯很倔的，自己定了的事，两头牛也拉不回来。

那以后，回老家带的包裹中再也没有了二锅头，而是换成大包大包的药物。爸每次自己拿了医保卡去大药房把药买齐，然后戴着老花镜把服用方法写在一张纸上。回去后，会叮嘱堂哥好多次，按时给大伯服药。

身体稍稍好转的时候，大伯还是耐不住对酒的贪恋，打擦边球，开始喝地方产的廉价啤酒，一两元钱一瓶的那种。

我们都劝他，还是不喝好。

在我有一次试图劝阻的时候，爸幽幽地说，快70岁的人了，又活不了两辈子，不管他了。再说，也就是点啤酒，没有大碍的。

爸那幽幽的口吻，让我的心难受了一下。爸何尝不是快70岁的人了？头发不觉花白成了大伯的样子，手背有了老年斑，身体早已不再强健，天冷的时候便会饱受支气管扩张的折磨……

他们都老了。在一起，话依然是少少的，翻来覆去也只是重复的叮嘱，好好吃饭，按时吃药，有事打电话。

但大伯从来没有主动给爸打过电话。妈常感慨，大伯是天底下最省事的农村亲戚了。

妈的好多同事，有农村亲戚的，总是不堪其扰，以借钱者和进城打工借住者居多。但大伯在那么多年里，连家门都不曾登过，更别说有事烦扰。记得有一年回老家时，爸跟大伯发了脾气，因为我唯一的堂姐出嫁，大伯竟然没有通知爸。

爸生气了。大伯的言语还是缓缓的。他说，你们回来也是花钱，在外面赚钱哪儿有那么容易？刮风下雨的都得去上班，还得看人脸色。平常买米买面的都要自己花钱，房子又贵，不比我们，自己地里都有，连油都是自己打的，天不好就在家睡觉，老天爷都管不着……农村人，比你们活得容易。

我愕然。那是我第一次听大伯说那么多的话，也是第一次听到这样的观点，忽然觉得那么多年对大伯和他们那种生活的同情那么苍白。

连爸都不知该说什么，嗫嚅片刻嘀咕了一句，不管怎样都该说一声的。

我却由此信了，大伯真的很倔，倔强地活在自己的性情里。

爸不听医生的，却听了大伯的

没想到是生活中一直养尊处优的爸身体先出了大问题。

他做常规体检查出了食道癌，在省城医院做了手术。

爸手术后回到家，才告诉了大伯。

于是，很多年以来，大伯第一次去了我们家，带着全家人，租了一辆面包车，车里塞满了成袋的大米、白面、花生油、土鸡蛋，还有堂哥大棚里的黄瓜、茄子……

因手术后进食困难，爸瘦得厉害，堂哥进门后看到爸，背过身去落了泪。唯有大伯很平静，拿了凳子在爸对面坐下，问，吃不下东西？

我跟大伯解释，这种手术会在很长时间内影响进食。

大伯并没有听完，便摇头打断我，对爸说，别听医生说的那些，只管吃，只要能吃饭，什么病都不怕。

病患的折磨让爸极其憔悴，但大伯的初次登门还是让他很激动，用力点头。

那天中午，爸吃了手术后最多的一顿饭，几乎是在大伯的强制之下。

大伯态度坚决地对爸说，吃了吐，吐了就再吃！把当兵的本事拿出来，慢慢就能好了。

吃饭这件事，爸并不听医生的，却听了大伯的。

那缓缓而行的背影，让我有疼痛的窒息感

但坚强和毅力并没有控制住爸身体的病患。一年后，癌细胞转移到淋巴，爸再次入院，情况非常糟糕。大伯急匆匆赶去医院的那天上午，爸已经进入昏迷状态，被送到了重症监护室，无法探视。

大伯在监护室门外愣愣地站了许久，不管我们如何劝说，他不离开，也不说话，直到夜晚才被堂哥硬拉走了。

两天后，爸去世。按照爸的遗愿，我把他带回了老家。

守灵的那一整晚，大伯拿了一把凳子坐在爸棺木旁的角落里，不说话，就那么坐着。

隔一会儿站起身过去握一握爸的手，看爸手中的小元宝是否握得牢固；整理一下爸的衣服，看每一粒扣子是否扣好……一遍遍检查过，才会坐上一小会儿，隔上几分钟，又会站起来。

长明灯幽幽地亮着，浅浅的灯火里，大伯的神情是平静的，看不出任何痛苦，也没有一滴眼泪。只是这个 80 岁的老人，面容越发苍老和沧桑。

就那样送走了爸。上完三天坟，离开的时候，大伯正牵着他的羊沿着村中的石板路朝野外走去。他走得很慢很慢，那缓缓而行的背影，让我有疼痛的窒息感——和爸的身影是如此相像，他穿的又是爸曾经穿过的一件藏蓝色的羽绒服，更是相像到几乎难

以分辨。

走到村口时，大伯停下来，转头朝北边看了片刻，那是爸坟墓的方向。

第二年清明，回老家给爸上坟，远远看到坟边，两株小青松郁郁葱葱，大伯蹲在树旁，用手拔着几根春天里长起的荒草。

摆上祭品，大伯什么食物都没有碰，只是倒了两杯酒。他弯下苍老的身躯把酒慢慢倾洒在碑前。喝吧，他说，没有人管了，想喝多少喝多少。

我的鼻子一酸。大伯忽然直起身来问我，那时候，你干吗非把他送到那个地方去，不让我见最后一面？

我一愣，半天才意识到他说的是重症监护室。过了那么久，他还记着。

那到底是什么破地方？他唤了一声我的小名，说，你当时怎么想的，把他送到那里去？

我当时……当时只想做最后的努力，能留住爸的生命，哪里想得了那么多。

可是，我要如何对他说？他是如此计较，始终耿耿于怀。

大伯，我……

他摆摆手，不再看我，自言自语，都不在他身边，他一个人多害怕呀。有混浊的眼泪从他眼中缓缓流出，沿着他面容间遍布的皱纹纵横。

在爸离开半年后，他哭了，而他的眼泪并不是因为爸的离开。这个年纪，用他的话说，生死的事早就看开了。让他疼痛的是最后一刻，他不能在爸的身边。

为此，他埋怨了我，不能释怀。

我的心再一次钝钝地疼起来，想起爸手术后在病房说起的那件久远往事。

小事不扰，大爱不言

当年，爸和大伯一起报名应征入伍，大伯的条件更好一些，被接兵的首长一眼看中。两个人都可以走，奶奶却无论如何不能接受两个儿子同时离开，痛哭不已。后来大伯对爸说，你走。说完大伯就没了踪影，一直到爸走的时候，才不知从哪里跑回来，又对爸说，走吧，家里有我。

前前后后八个字，定了结局。

就这样，爸走了，大伯留了下来，两个人的命运从此天差地别。

爸一直在部队升到团级，转业到市里，娶了妈这样一个城里女子，生活优越安逸。大伯留在农村照顾奶奶，成家后生了四个孩子，多年来生活拮据——所有这些，在漫长的光阴里，爸没有提起过，大伯更没有，好像很多年前并不曾有这件事发生。大伯从不曾有任何遗憾和抱怨，甘心认命地沉淀在这样一种命运里，默默的，静静的。一如当年，他的担当和爸的接受那么自然而然，顺理成章。

或者，大伯知道，若他委屈抱怨，爸在外面必不能过得心安。

也或者，对他们的感情而言，原本没有谁付出谁亏欠这一说。

这就是他们的感情吧。有生之年，他们相处的时间有限，更没有过什么关于情感的对白和承诺，只是一对寻常的兄弟，小事不扰，大爱不言——我知道在这个年代，这种感情方式真的有点老了，老得我们无法理解、无法明白，可是青松树下，这一种陈旧的感情，却碰得我的心这般柔柔的疼。

这个从小被我"苦养"的孩子，
在苦里成长，在苦里锤炼，
在苦里寻暖，在苦里觅甜。

福顺只须修来 /

世界上没有白吃的苦

◎ 张丽钧

把苦吃出甜的滋味，是一种值得夸耀的本领，而命运女神最眷顾那些勇于蔑视苦难的孩子。

托儿所最小的孩子

我参加工作的第二年就做了母亲。

我的母亲从千里之外赶来伺候我坐月子，看着我笨手笨脚的样子，老人家抹着眼泪说："一个大孩子带着一个小孩子，两委屈啊！干脆，我把孩子带回老家去给你养着算了。"我却执意不肯，说："妈，我不想逃掉这一课。"

我儿子徐然是 6 月 10 日出生的。9 月 1 日，学校开学了，校长登门做我的思想工作："学校师资紧张啊，我代表两个班的学生及他们的家长恳求你提前上班，否则，那 100 多个学生就得在语文课上上自习了。"

我一咬牙，把未满 3 个月的孩子送进了托儿所。就这样，徐然成了全托儿所最小的孩子。

每天，我都骑着一辆带蓝色挎斗的自行车送孩子上托儿所，风雨无阻。

母亲打来电话，问我带孩子是不是很苦。

我说："是很苦，但是每一份苦我都不愿意漏掉，我必须亲自去吃，才觉得生活完整。"

想到有个孩子应了命运的邀约来到这个世界跟我共同吃苦，我就没有了任何偷懒的理由。我努力工作，认真读书，勤奋写作，一心盼望着这个孩子刚一具备评判的本领就能够说："我有一个特别了不起的妈妈！"

我的孩子是"总统"

徐然当年就读的小学是一所位于城市边缘的条件非常差的学校，许多学生家长都想办法把孩子转走了。徐然的父亲也曾想走个后门把孩子转出去，但因为种种原因，理想学校的大门始终没有对徐然敞开。徐然便只好留在那所不理想的学校学习。

那是一所冬天要靠生炉子取暖的学校。

每个教室的中央都垒着一个土炉子，生锈的烟囱从窗户里长长地伸出去，冒着黄白的烟。炉子烧的是煤球，徐然和他的同学们常因给班里搬运煤球把自己弄成让人哭笑不得的"煤球"。

徐然的班主任是个年轻的男老师，有睡懒觉的习惯。身为班长的徐然每天都要早早赶到学校去生炉子。

很快，"总统"成了徐然的雅号。"为什么同学们管你叫'总统'啊？"我问儿子。儿子欢快地回答说："因为我总捅炉子，所以他们就管我叫'总统'了。"

因为经常侍弄炉子，又要到外面去打水拖地，徐然的两只小手皲裂得厉害。我买了一盒润肤霜给他，嘱咐他弄湿了手后要及时擦上润肤霜，他点头答应，但不知为什么手上的小裂口却越来越多。看着他小小年纪，脖子上挂着家和教室的两把钥匙，每天被教室炉子火苗的强弱操纵着喜忧，我和老公都曾心疼得偷偷掉过眼泪。我老公写了一篇题为《冻裂的小手》的文章投给了晚报，文章发表后，徐然举着那张报纸，兴奋地高声朗读了好几遍，骄傲得不得了。

徐然在那所小学读了6年书，做了6个冬天的"总统"。

我一直相信这样一句话：世界上没有白吃的苦。正因为我的孩子有做"总统"的底子，所以，"娇气"这个词永远与他不沾边。

周围的人是否爱你

我的童年是酸涩悲苦的，这酸涩悲苦的童年赋予了我一颗善爱的心。

我喜欢带给周围的人快乐，喜欢写"暖色调"的文章，见不得别人有难处，随时愿意伸给别人一双援手。

我不知道我的这些特点是以怎样一种奇妙的方式传递到徐然身上的。总之，我发现他成了我不走样的仿效者。

徐然上中学后，依然热衷于为班级干一些"粗活"——捆扎拖把，修理桌椅，班里小桶的提梁坏了，他居然也要拎回家精修一番。他依然做班长，却总抢了生活委员的活儿。

上了大学，徐然如愿以偿地当起了生活委员。除了继续干"粗活"外，还学会了一些"女工"——帮宿舍的同学们缝缝补补，他居然也干得有模有样。那年他约同宿舍的同学到家里过五一，他们齐声称赞他心灵手巧，说他的针线活儿好得气死班里所有的女同学！

"周围的人是否爱你？"我曾引导徐然回答这个问题。周围的人爱你，这无疑是一件令人开怀的事情，但是，若想让周围的人都爱你，你必须率先拿出自己的爱。"爱出者爱返，福往者福来"——"出"与"往"，永远在"返"与"来"之前。

书包里有本喜欢的书

有一天，我与老公闲聊，聊到了我家书架上的一本书，不想徐然竟插嘴说起那书的好歹，让我很是吃惊——他在我们不知道的时候，翻阅了我们以为他不会看的书。

最初，是我以我自己的阅读带动徐然的阅读。我看美文，他便也看美文。虽说他大学读的是通信专业，但是，受我和我老公的影响，他选修了《大学语文》。后来，他就开始批判我读的书了。他曾正色告诫我说："妈，总看那些浅薄的东西会降低你的思维品质。"

他开始读哲学，先是通俗读本，后来就艰深了。当我发现他挑灯苦读叔本华的作品时，我吓了一跳，同时，怅怅地跟自己说："孩子走到你前面去了。"

徐然的书包里总有一本喜欢读的书。应该说，我从来没有为他的读物把过关。但是，父母的精神趣味在很大程度上影响了孩子，他因袭了父母身上的"书卷气"，并且，他幸运地被优质的思想慷慨引领着，走到了很远很远的地方。

放心看你走天涯

大学毕业后，徐然只身去英国求学。一日三餐，他几乎都是自己动手烹饪。和他住同一个单元的美国女孩丽莎每次看到他精心烹制的色香味俱佳的小菜，都要夸张地做垂涎欲滴状，说："然，你做的美食真是太诱人了！"徐然便大方地分一些给她吃，她边吃边感动地说："然，你这样做会把我的胃口惯坏的！"

徐然的课业负担十分繁重，但是，他说他有意利用课余时间去打打工。他父亲听后急坏了，说："儿子，你又不缺钱花，打工干什么？千万别像《北京人在纽约》里的王启明一样，刷盘子把手都刷肿了！"徐然的父亲是出了名的慈父，听儿子说要去打工，他心疼得快要哭起来。

徐然便悄悄地和我做了个约定：瞒着他父亲，偷偷去打工。

徐然先到了一家中餐馆，他的工作是炸一些鸡肉制品。我嘱咐他千万要小心，不要让油溅着。他说："妈，我得笨成什么样才会让油溅着自己啊！放心吧，我会注意的。"

后来，他又到一家超市去打工。他的具体工作是把即将过期的冷冻食品分拣出来，集中放到一个专门出售打折食品的半开放冷藏货架上。

在超市工作期间，徐然因为手脚麻利，工作效率高，得到他所在部门负责人毫不吝啬的夸奖。后来分组的时候，大家都抢着和他一组，他们都看中了徐然干活会用巧劲儿，却又从不偷懒。

每次通电话的时候，徐然都要跟我讲在超市工作的苦和乐。因为最底层的货架实在太低了，翻拣食品的时候需要采取半跪的姿势，"刚开始的时候觉得膝盖挺疼的，慢慢就好了。妈，现在我的左右膝盖上各长了个茧子，像个小垫子，膝盖着地的时候，疼痛自然就减轻了许多。"

看他做得这么辛苦，好几次，我都问他是否考虑辞掉超市的工作。他说："放心吧，妈妈，什么样的苦我都能吃得下。再说了，我要是不在超市打工，每天还得去健身房健身。现在这样多好啊，练了口语，结交了朋友，锻炼了身体，还赚了钱。哈哈！"

把苦吃出甜的滋味，是一种值得夸耀的本领。

博士不是我的最终目标

2008 年，徐然成了英国东芝实验室年龄最小的获全额奖学金的博士生。

东芝实验室资助徐然的奖学金高达 9 万英镑。他的同学都羡慕他"衣食无忧"，但他说："其实我好怕，怕出资方会说这 9 万英镑投错了地方。"

很快，徐然就有研究成果问世，他先后应邀到东京、华盛顿宣读论文。

"Very good！Ran！"导师们喜欢这样夸他。他却对我说："博士不是我的最终目标，我还要更加努力！"

今天，当有人问我"你家徐博士在做什么"时，我回答："他在剑桥'赚履历'。"是的，我希望当他赚足履历的时候，能够回来为祖国效力。

每次回首来路，我都会忍不住说："感谢苦难！"

这个从小被我"苦养"的孩子，在苦里成长，在苦里锤炼，在苦里寻暖，在苦里觅甜。我相信，命运女神最是眷顾那些勇于蔑视苦难的孩子。

——孩子，你是我递给世界的一张名片。我希望每一个接过这名片的人都能看到你的勇敢、你的担当、你的善良、你的温煦、你的卓异、你的丰富……我希望你无论置身何处都能赢得他人的尊重，也希望那尊重你的人会通过你而尊重你的母亲、你的祖国……

餐桌上的识人术

◎ 燕子坞主人

　　大年初一的早餐，福州的老例是吃"太平面"，就是用煲好的鸡汤泡线面，上面再卧两个鸭蛋。福州的线面真是面细如线，我喜欢用筷子夹起一缕，转上几圈，一碗面就在筷子上卷成了一个线团，然后横拿着筷子，像啃鸡腿一样吃。大年初二开始走亲戚，进门照例还是要吃"太平面"，这时我就不敢"啃鸡腿"，而是老老实实地吃面。因为从小奶奶就教训我，在别人家吃饭不能玩筷子。

　　奶奶说过很多关于筷子的规矩，比如：不能用筷子敲碗盘，因为过去只有要饭的才这么干，"敲碗敲筷子，讨吃一辈子"；不能把筷子直插在饭里，更不能就这样端给别人，因为这造型像是给死人上香；不能用嘴含住筷子，不能用筷子指人，不能用筷子剔牙……甚至一桌的筷子不能长短不一。

这些老规矩看似迷信，但琢磨起来，背后自有它的道理：不能用嘴含住筷子，其实是避免你的筷子沾上太多口水，然后再搅和在一桌人的菜里；不能用筷子指人，其实是避免你把筷子上的汤汁饭粒甩别人一脸；如果一桌的筷子长短不一，宴客的时候能好看吗？还说明你人缘不好，平时没什么客人登门，不然怎么连整齐的筷子都没备几双？

既然有道理，为什么要用迷信来包装呢？因为这些规矩要从小学起，跟小孩子能说清什么道理，还不如用鬼神吓唬奏效。

餐桌上还有个老规矩，是吃饭要把饭碗端起来。老话说这是"保住饭碗"，其实背后有不少处世道理：

一、坐姿比较端正，为了保持碗的平衡，就要避免一些不规矩的坐姿。

二、不容易掉饭粒，保持餐桌清洁。

三、吃饭时更专心，一手端碗，一手持筷，就不能做其他的事。

四、因为端碗吃饭时双臂会自然收拢，所以减少了对餐桌空间的占用，也减少了手肘对旁人的干扰，不会妨碍别人。

曾听一个朋友说，每个习惯把水果切块吃的人，都值得珍惜。她总结了四个理由：

一、这是一个健康的人。习惯把水果切成小块再吃的人，吃东西一定慢条斯理。吃得慢就会吃得少，因为饱腹感传到大脑需要时间，狼吞虎咽的后果是肚子明明饱了，但大脑还不知道，所以就吃多变胖了。

二、这是一个有耐心的人。一个会把水果洗净、削皮、切成小块再慢慢享用的人，做事一定心平气和、仔仔细细、不厌其烦。

三、这是一个懂得分享的人。再小的苹果切成块，就有与朋友一起品尝的可能。

四、这是一个自律的人，懂得花时间照顾自己，懂得把自己的生活过得精致。

你看，一个吃水果的习惯，却被上升到了人品的高度。中国人历来喜欢钻研"识人术"，而餐桌则是识人的重要考场。

看过一个故事，跟用筷子的习惯有关。作者说他和父亲一起跟朋友吃饭，父亲是初见那个朋友，回家的路上，父亲对作者说："你这个朋友不可深交。他夹菜总用筷子拨拉几下，甚至把盘底的菜翻上来，只夹自己爱吃的。对一盘菜，他都不顾及别人的感受，面对利益，他一定会不择手段。"作者不以为然，认为这只是个人习惯，但后来发生的事，印证了父亲的话。

餐桌上为何可以识人？我觉得理由至少有两点：首先，"食色，性也"，美食当前，你会放松警惕，在大快朵颐之时，暴露出本性。其次，吃饭作为你每天至少要做三次的事，凝聚了你太多的行为习惯和思维模式，甚至是你的家教、出身……法国人说"告诉我你吃的是什么，我就知道你是什么样的人"，这绝对不是瞎说的。

你或许记不住餐桌上那么多的规矩，但一定要记住一句话：不恶心别人，才能成全自己。

当然，像所有故事中说的那样，

主人公历经艰险，

终于达成夙愿。

福顺只须修来 /

老爸的生财之道

◎ 阮备娟

卖　菜

一开始，我爸对我们姐弟俩的学习毫不上心，他老早就把我们安排妥了。我嘛，长大了顶替他进纺织厂做个挡车工；我弟弟在村里做个小木匠，一样前途光明。

我小学时整天玩得昏天黑地，逃课是常有的事情；我弟弟呢，整天浑浑噩噩，上了课等于白上，老师给他贴了"标签"。

小学最后一年，我忽然人品爆发，以第一名的成绩毕业。两三年后，我弟弟也智力开化，变成了优等生。我爸开始犯愁了。

照理，他应该乐开花才是。切！想得太简单了。要继续读书，难道不要钱？而且越往上念，钱花得越多。于是，如何挣钱，如何挣更多的钱，成了他每天琢磨的头等大事。

他听镇上的同事说，冬天时蔬菜很贵很好卖，便让我妈辟出几分地来，让他种菠菜。平时种菜的事情他都没管过，这次亲自撒完种子后，隔几天就去查看。这菠菜种子是个慢性子，迟迟不发芽，我爸急了，以为买了假种子，便又去镇上买了一包，细细撒上。

忽然有一天，这些迟钝的种子终于开悟了，争先恐后地要发芽，可是长得太密影响生长，我爸就每天去地里摘掉一点。菠菜能量大爆发，天天不断地挤出新芽。我爸小声嘀咕："哎呀，看来补种得太早了，种子是好的，就是发晚了。"我妈在一边说道："啊？你又撒了一遍种子？我看着不出芽，到大姐那儿要了一点种子，也撒了一次啊！"唉……这两人，就几分地撒了三遍种子，真是不计成本。

后来几天，我家天天吃菠菜，吃得我和弟弟小脸都绿了。要说，这嫩菠菜真好吃，只是一大篮子只炒出一小碗，把我爸看得心疼死了。

最终，菠菜们没让他失望，没多久，就长得周正漂亮。我爸挑了个良辰吉日，清早5时，用他的凤凰牌自行车装了两竹筐捆扎整齐的菠菜来到了菜市场门口。在一堆大爷大妈的吆喝声里，我爸觉得嗓子发干，脸发烫，迟迟开不了金口。眼见天越来越亮，买菜的人越来越少，上班的人越来越多，一旁卖菜的人也渐渐散去，他终于憋足了劲努力喊了两声，也没人搭理。他只好把自行车推到马路边上，希望路过的人能留意。终于有人远远地过来，我爸心头一喜，没想到，那人走过来就拍他肩膀："师傅，你怎么在卖菜啊？"

我爸定睛一看，原来是他们厂机修车间的同事！我爸更是面红耳赤，忙搓手道："啊……不卖，不卖，家里菠菜种多了，拿到厂里让大家分分。来，你自己拿，自己拿……"那同事很实诚，拿了两捆就走，并四处散播我爸送菜的消息，两筐菜没到上班时间就瓜分完了。

下班回到家，没等我妈开口，我爸便豪气万丈地说："我们家的菠菜长得太好了，同事看到了都想要啊。不就是点菠菜，我就送给他们了。"我妈看着他干瞪眼。我爸搔搔头皮又道："也没有白吃啊，中午他们请我喝了顿老酒。"种菠菜发财的事情，就这么轻率地结束了！后来吃不完的菠菜，都被我妈送了亲戚，她想："与其让你送同事，不如送亲戚了！"

这个冬天就这么蹉跎着过去了。老爸没有气馁，到了春天，他又有了赚钱新规划：种西瓜！冬天赚不到钱，就赚夏天的钱！

种　瓜

鉴于上次的不成功案例，我妈有点犹豫，我爸便开导她，西瓜不用自己去卖，直接转给小贩，虽然少赚点，但省力啊，一亩地赚个1000块是毛毛雨啊！我那没见过世面的老妈被说动了，立刻批了两亩地给我爸种西瓜。两人忙了一个春天，到了初夏，西瓜地里生机勃勃，西瓜藤打着毛茸茸的小卷满地飞爬。老爸每天下了班就跑到西瓜地，晚上回来，边喝老酒边给我们展望大西瓜的丰收景象。我和弟弟苦苦央求他，不要把西瓜卖光，一定得留最大的给我们，他一再让步，最后总算答应可以留 20 个大西瓜。

好景不长，到西瓜开花结果的时节，下雨了，这雨一下就不肯停。眼看着西瓜花一朵一朵地谢了，刚结的果也慢慢地烂了，我爸妈急了，恨不能成天撑把大雨伞把西瓜地给挡住。当时没有大棚技术啊，种瓜只能看天。好不容易雨停了，又连着数天热辣辣的毒日头，没被雨浇坏的西瓜也被彻底晒蔫了。我妈开始嘀咕了，我爸继续发扬他在困难面前大无畏的精神："大不了不卖了，就当给小囡们种点零食！"有给孩子种两亩地零食的吗？

到了收瓜时，我爸果然没食言，把最大的瓜都给了我们。就算如此，他还是兑现不了当初的诺言，因为像样的大西瓜只有11个！对，你没看错，2 亩地只种出了 11 个大西瓜！收的西瓜倒是堆了半屋子，但全像小朋友玩的小皮球，而且一半还是生的。

当然，这也客观上解决了我和弟弟整个暑假的零食。每天饭后，我们必去储藏室抱几个西瓜出来，偶尔能开到个红瓤的——白瓤的扔进猪圈喂猪。吃到后来，猪也吃聪明了，只吃红瓤的瓜，纯白瓤的还不吃了！从此，我妈一提起种瓜的事情，就说我爸："你种的瓜，猪都不吃！"

扒 树 皮

到了秋天，村子边的大河里开始热闹了起来，运送木料的船开始从北方过来，一般是打头一条大船，五六根圆滚滚的木料用铁丝绳扎成一张木排，一排接一排地连在船后，足有500多米长。

有时候船上的人需要买点日用品，或是船坏了，木排船就会就近停靠休息几天。附近的孩子最喜欢跳上木排玩，也不知道哪个机灵鬼发现，把木排上的树皮剥下来，可以当柴火烧，而且还是上好的柴火，火猛，灰少。这一秘密被快速地传到了主妇们的耳朵里，于是跳上木排扒树皮，成了主妇们的日常劳动。当时每家每户的门前都有一个柴火垛，全是厚厚的树皮。这样的景观，又引起了生意人的注意，这生意人就是附近小砖窑的老板，他马上以最低的价格来收购这些树皮。主妇们原本只想解决一下柴火问题，没想到还能赚钱，都兴奋起来，催着家里的男主人也加入扒树皮的行列。男人们做事就是不一样，他们先研发了扒树皮的专用工具，然后发现光等着木排停靠收益太不稳定，于是三五成群地组成一个个小队，开着水泥机船，跟着木排船前进，一般一晚上下来，就能运一船树皮回家，当天就能换成现金。

当然，我那日思夜想要发财的老爸也开始行动了。他带着几个亲戚家的男人，借了条小水泥船，带着一篮子白饭、一包咸菜就出发了。

按理，第二天早上我爸铁定可以回家了，可是，快吃午饭了，还迟迟不见人影。我妈急了，满村子转也没打听到一点消息，最后仔细观察大河方向是不是有人过来。我站了大半天，到了正午时分，才看到我爸蓬头垢面，赤着脚远远奔过来。

我爸一到家，先盛了一大碗饭吃进肚子，才和我妈说："船沉了，已经叫了打捞船，人全在。"说完还没来得及换下脏衣服，便倒头上床呼呼大睡，剩下我妈和我大眼瞪小眼，一时还转不过弯来。

事后，我们才知道，我爸他们趁着夜色扒树皮，一路进展顺利，收获颇丰，但谁也没有注意到船吃水已经很深了。等他们收了工，坐下来休息吃饭时，一个浪头打进船舱，船瞬间往下沉。我爸正盛饭呢，一看形势不妙，脱下鞋就往河里跳。同去的几个也是水性极好的，一起弃船游上了岸。然而，当时正是半夜，前不着村，后不着店，几个人只得跑到最近的村子里找人帮忙。要说那时候真是民风淳朴啊，敲开第一家村民的门，人家就义不容辞地帮着去叫打捞船，又留出房间给我爸他们休息，马上做饭给大家吃。我爸心里惦记着家里，饭也没吃，沿江徒步数小时回家报信。

这次真是损失巨大，不仅赔钱，还差点殃及性命。我妈开始极力反对我爸那些天马行空的发财计划。从此，好长一段时间，我爸再没提过他的新设想。

当然，像所有故事中说的那样，主人公历经艰险，终于达成夙愿。我爸最后还是找到了发财妙方，那就是养猪！后来他养了两头极能生产的"英雄母猪"，还曾经养过两只智商超群的"无厘头小猪"……靠着这些猪们的贡献，我和我弟顺利完成了学业。

剪羊毛

◎ 马国福

　　到了 8 月，该是剪羊毛的时候了。我们家剪羊毛一般都在早上。我把羊从圈里放出来，父亲拿出一块馍，唤羊过来吃。单纯的羊很容易进入主人设计好的圈套，就在它忘我地把舌头伸向一块馒头时，母亲已经守候在旁边，猛然抓住羊头。父亲拿出早已准备好的绳索，搂住羊脖子，我牵住羊的后腿，用力一推，羊便被按倒在地上，父亲麻利地捆住了它的蹄子。

　　父亲的手在羊身上移动，一层一层的羊毛像沙滩上的细波浪般卷起。静卧在屋檐下的羊，仰起脖子，一圈圈白光从脖颈瞬间倾泻而下，姿态犹如一位正在卸妆的公主，缓缓脱去脖子上的一个个银饰品。

　　剪刀的咔嚓声，一声比一声清脆，淹没在一层一层不断从羊皮上散落的羊毛间。那一刻，我感觉羊毛长成了一朵一朵彼此牵连的棉花，一摊一摊，在屋檐下蔓延。

剪刀不断游走，在羊身上留下适度的绒。片刻工夫后，剪刀吮吸了羊身体的温度，有点温热。剪了半身的羊毛后，剪刀有点钝了，似乎臣服于羊的温柔和羊毛的缠绵，迈不动步子了。羊卧在地上，父亲在羊的前胛换剪刀方向时，刀尖不小心戳到了羊皮，渗出一滴血，突然而至的尖锐疼痛惊吓到了缓慢反刍的羊，羊挣扎着翻身，以此减轻刀尖带来的疼。羊的蹄子被捆住，它只能挪，而不能站起。母羊的鼻孔越张越大，呼着粗气，像风沙在田野里呼啸的声音，有力，粗犷。突然，它咩咩地叫上几声，羊圈里吃草的小羊听到叫声后奔跑过来，站在母羊身边，好奇地打量卧在地上的母亲遇到了怎样的不测，水汪汪的眼睛里是母亲喘气的身影。母羊甩甩头，耳朵挨到头骨，发出啪啦啪啦的声音。小羊撅起屁股，俯下身子，抖动尾巴，向母亲示意，似乎是鼓励，又似乎是劝慰。一对母子就这样通过"咩咩"的唤声分担来自金属的尖锐疼痛，借以抵消这种疼痛带来的不安。

母亲让我帮着将钻进羊毛里的草屑、麦粒壳、泥土粒一一拣出来。羊前身的毛，白且干净；屁股部位的毛，沾着一团一团大小不一的草绿色和淡黄色的粪便，有点脏，有点丑陋，像一张贴在墙上的发黄褶皱的旧地图。我翻着剪下来后铺在布单子上的羊毛，一种来自羊毛的黏稠气息和羊粪腥味游荡在屋檐下，让人感到不舒服。挑出了藏在羊毛间的几根草屑，我手上也沾上了羊身上黏糊糊却抹不掉的气息。

我在院子里的杏树下洗手。父亲手中的剪刀还在羊身上没有剪去羊毛的地方挺进。

剪到脊梁时，一簇簇的羊毛，像行将干涸的瀑布，从脊背上稀稀拉拉无力地落下来，没有惊险的尺度，也没有令人惊叹的过程，一蹴而就的软着陆让卧着的羊一点一点矮下去。经历了被剪刀不慎戳伤的阵痛，羊变得温顺起来，不再挣扎，也不再挪动，任凭剪刀从上而下一层一层深入推移。

我看着羊，羊看看我，然后又凑过脸去闻父亲的袖子。羊给我们父子投来温柔的一瞥，它看上去很有成就感，有那么多的羊毛可以做证，它并没有辜负主人的厚望。

那个早晨，羊所经历的安静和尖锐疼痛，在我年少的心里留下一种肃穆的感觉。

我目睹了一场收获的仪式，这仪式并不庄重，这只是养着牲畜的农家每年都要经历几次的平常事。可正是这太平常的仪式，让我对书本中的文明更加充满了向往和自信，也初步培养了我对所有食草动物的好感。那几年，我们家每年都会经历这样的仪式，就是这些羊毛换来的学费、棉衣、棉裤，让我们从永无休止的田间劳动中走向布施文明的书本、校园、文化。

到了冬天，穿上取自自家羊身上的毛制成的棉袄，我有时觉得，自己的身上奔跑着一只羊，它常常在我得意的时候唤醒我，教我以怎样的姿势向自己生存过的那方土地保持终生的感恩。

我多少有点明白我爹我娘为什么不肯说他们相恋的经过，

他们有顾虑，

觉得那样的情感是不该被效仿的。

福顺只须修来 /

45年的爱情

◎ 江小财

我爹是我娘的老师，换句话说，我娘是我爹的学生。

这好像是专属于他们的秘密，因为他们从来不肯说。我是听我的叔叔和姑姑们偶尔开玩笑时说起过的。那会儿，他们都还年轻，我还小，似懂非懂的我一边跟着笑，一边渴望了解更多细节，但忌惮于父母的威严，并不敢多问。

我爹上学时成绩好，可家里一贫如洗，只上得起师范学校。那时上师范学校会发点儿生活费和粮票，不需要家里再给钱。所以，19岁时，他就成了一名光荣的人民教师。

那是20世纪60年代初，乡村中学的课堂上陡然走来这么一位年轻的语文老师——瘦弱，才华横溢，一堂课引经据典滔滔不绝，收获无数崇拜的目光，尤其是那个扎着两条长辫子的漂亮女学生的。

我娘年轻时扎着两条黑油油的及腰麻花辫，五官清秀，气质沉静，是公认的美女。

学生和老师谈恋爱当然不被允许，所以，他们仅仅是互有好感而已。但我娘会趁周末去我爹的宿舍，悄无声息地帮他洗两件脏衣服；我爹要是有了什么好吃的，也给我娘留一点儿。

我娘上完初中便去读中专，然后工作，一定是等到正式上班之后，他们才公开恋情的。

我上中学那会儿，早恋是被班主任挂在嘴边的最不可饶恕的罪行之一，但凡发现早恋的苗头，24 小时接受举报，班上都是男生跟男生同桌，女生跟女生同桌。

后来，我多少有点明白我爹我娘为什么不肯说他们相恋的经过，他们有顾虑，觉得那样的情感是不该被效仿的。那段故事，他们缄口不言。

但有一件让我印象很深的事，发生在童年时的一个冬天。那时我们住在学校的平房里，厨房是在后院搭的偏厦，小小的几平方米。冬日的夜晚，我们窝在温暖的小厨房里看我娘用高压锅炒板栗，栗子不时在锅里发出声响。这时不知谁打开了厨房门，惊呼一声："下雪了！"

因为下雪的缘故，天并不显得太黑，大团的雪花飘飘洒洒地从四处落下，我们都愉快地仰头看着。我伸出双手去接雪花，并送进嘴巴里，想尝尝甜味。就在那时，我娘忽然非常抒情地朗诵了起来："雪啊，雪啊，你无声地落着，落着……"我们惊奇地看向她，但只这一句，她便念不下去了，因为她已经笑得蹲在了地上。

我爹也笑了起来，那种温暖而默契的笑意迅速堆积在他的脸上。虽然我们并不知道他们在笑什么，但父母的快乐是那么让人感到安全，感到高兴，我们也起哄似的念起来："雪啊，雪啊……"

后来我娘告诉我，那是我爹在一堂语文课上的即兴朗诵。那天正上着课，窗外突然下雪了，我爹抛下课本，满怀豪气地对着雪花，尽力用标准的普通话吟出了这首诗。

我不敢再多问，那是属于他们的故事。但我无数次怀着喜悦的心情想象着那个场景——

年轻的爸爸站在寒冷的教室中间，兴之所至，大声念起诗来；年轻的妈妈，扎着长长的辫子，在那里入神地听着。

现在，他们结婚已经 45 年了。45 年厮守的光阴，改变的不仅仅是两个人的容貌，还有性格。我那一向宽容、隐忍、好脾气的爹，现在越来越急躁，越来越固执；而年轻时压根儿不讲道理、说一不二的娘，现在居然变得慈祥，变得非常好沟通了。那么多年一直生活在一起的他们，有时也会产生想脱离对方视线几天的念头，而且他们现在几乎每天都要争吵，有时为了房间里的一只蚊子到底是谁放进来的也要争上半天。

即使是那么美好的师生恋，也会在年老的时候吵得不可开交啊——有时我翻看老相册，会略带遗憾地这样想。

有次我娘出门买菜，我爹很担忧地对我说："你娘现在不认得方向了，昨天去菜市场竟然走反了，走过好几站才反应过来，她自己也吓坏了。"他又举了好几个例子，然后郑重地说："以后她去哪里你们都要跟着她，我真担心，她会不会是得老年痴呆了。"

而我娘也避开我爹，心事重重地对我说："你爹会不会是老年痴呆了？有一件旧汗衫，我拿来当抹布，扔在厨房地上很久了，上次突然在衣柜里看到，原来是你爹捡起来收进去了！"我娘接着说，"他现在脾气坏得不得了，要搁在以前，我可不会轻易饶他，现在我都让着他，不跟他计较……"

有一天，我等公交车时，看到一对老头儿老太太也在等车。手机响了，老太太一指老头，说："你的！"老头儿赶忙在拎着的环保袋里掏，但就是掏不着，索性把袋子放到地上，笨笨地找，老太太在旁边一脸不屑。等到手机终于掏出来了，老头儿看了半天，哈哈大笑说："不是我的，是你的在响啊，老太婆！"老太太不相信地从裤兜里掏出手机，果然是她的在响。

回到家，我把这一幕讲给爹娘听，两个人笑疯了，因为这事儿他俩也干过。笑过之后，又都安静了下来。先是我娘轻声说："老了怎么就变这样了？"我爹跟着来了一句："你放心好了，我到哪儿都会带上你的，绝不会让你迷路找不到家。"

亲爱的爸爸

◎ 马 良

　　我小时候，父亲很少和我说话。他并不是一个不苟言笑的人，只是他有太多的工作要做，有太多的事情要思考，以至于在我的童年记忆里，父亲就是一个沉默的背影。这背影对一个孩子来说，充满了威严和距离感。当然，有时他也会回头对我笑笑，我那时就会特别开心，觉得自己正一天天成长为他的朋友，但当他转过身时，我又会沮丧地觉得，他身处的是一个我永远也无法进入的神秘辽阔的世界。想去探究那个世界的念头，一直深深吸引着我，如今想来，也许我选择今天正在走的路，只是为了追随父亲的背影，去见识一下他曾经身处的世界。

强　悍

　　父亲从小练京剧武生，和电影《霸王别姬》里的那些孩子一样是吃了不少苦头的，虽然最终没有成为一个角儿，但因为聪明好学竟做了一名导演。据说父亲是中国戏曲舞台上第一代真正的导演，他一直很得意，第一部作品竟是为周信芳先生做导演，之后他一辈子兢兢业业，其实也都是因为这"不可思议"的第一步。"我这样一个没什么本事的人，周信芳先生也给我面子，听我的调度，我当时便明白了，了不起的是导演这份工作，不是我。我必须鞠躬尽瘁于这份工作，才对得起那么多看得起我马某的角儿。"

以前京剧舞台上的那些角儿都是受人景仰的大明星，一点儿不比如今的电影明星逊色。父亲刚做导演的时候还不到 30 岁，那些旧时的大腕儿，都是有钱又有名望的"老板"，要在他们面前"指手画脚"，没有些"狂妄"的威严是绝不行的，所以他在工作上的强悍是出了名的，在排练厅里是说一不二的人物。但下了班的他，和门卫室看门的都称兄道弟，一点儿不"张狂"。他曾经悄悄和我说："这些叔叔都是我的师兄弟，练武生的一旦老了、受伤了、翻不成跟斗了，便只能安排在剧院里做门卫。他们曾经都比你爹厉害多了，我倒是个最糟糕的武生。"

父亲因为练童子功，个子不高，比我矮了一个头还多，他经常伸长胳膊摸着我的头顶，半是骄傲半是遗憾地说："你瞧瞧我儿这体格，原本我一定是有你这个头儿的，唉，9 岁就下腰拉腿，硬是没有长开。"我对此是深信不疑的。父亲和张飞是老乡，即便没长开，也还是个天生威猛的人，扯起嗓子怒吼的时候，我完全是可以想象张飞在当阳桥上三声喝的威力的。有次半夜里有警察来找我爸，那时我还小，吓得不行，以为要抓他去坐牢，结果人家是上门来感谢的。原来昨天他抓了个小偷送去派出所了，回家竟没有和家里人说，他这时才有些得意地说："我病了这些年，怕是打不过他们三个，于是发了狠，大吼一声，结果两个人当时就屁滚尿流地跑了，余下一个，腿吓软竟站不起来了，我便抓住了他。"派出所的人连声称奇，他倒谦虚："他们偷自行车的地方是后面大楼的那个过道，有回音和共鸣效果，不是我的本事。"我们一家人都笑了，他这雷霆般的嗓门是远近闻名的，有时唤我回家吃晚饭，只消朝着窗外大叫："马良，吃晚饭了！"这炸雷般的声音从狭窄的弄堂深处轰鸣而出，我的小伙伴们无不胆寒，都劝我赶快回家，不要惹出人命来。

指　引

其实父亲是个标准的文人，不过就是有一副武夫的嗓子罢了。我 12 岁考美校前的补习冲刺阶段，糟糕的文化课成绩成为我学绘画最大的障碍，我复习得很辛苦也很惶然，几欲放弃。一天早晨睁开眼，发现床头正面的墙上，父亲写了一副大字贴在醒目处——"有志者事竟成，破釜沉舟，百二秦关终属楚；苦心人天不负，卧薪尝胆，三千越甲可吞吴。"这话对我的激励很大，我后来便真的考上了美校。

我大学毕业后刚工作的那些年里，心比天高，却四处碰壁如丧家之犬，终日忙于工作，晚上住在办公室里，几个月都没有回家。有一天，父亲竟寻上门来看我，径直取图钉数枚，将一横幅挂在我办公桌后面的墙上，上书 7 个大字：男儿谈笑觅封侯。父亲知道自己嗓门大，我那时也是个暴脾气，他怕话说不到深处便赌了气，于是常常给我写大字，还有一幅是"厚德载福"。在我被生活戏弄了，越来越喜欢大放厥词的时候，他听了我的牢骚话，随手就去案前写了这 4 个字，一句话也不多宽慰我。他的书法特别好，笔锋奇妙，自成一格，但我更受用的是那些文字里的嘱托，那是一个父亲给在世间行路的孩子真正的指引。

父亲后来越发柔和了，尤其是在我渐渐变得高大魁梧之后。直至几年前，他病了，晚饭后突然从桌边的凳子上颓然倒了下去。医院发了病危通知，他躺在床上陷入昏迷。我突然意识到也许会就此失去他，想起他在去医院的路上，紧锁双眉，直直望着我却口不能言的样子，我心如刀绞。他已经昏迷到了第四天的晚上，那天是我陪通宵。窗外不远处，有医院招牌的霓虹灯将一片红光映入了病房，他一动不动地躺着，四下里一片安静，只有呼吸机的声音。医生说他再不醒过来就可能再也醒不来了，我整夜握着他的手，怎么也不敢放开。凌晨三点多，我俯在他耳边轻声和他说了很多话，心里想着也许他能听见，即使再也醒不来了也听到了。之后发生的一切像个奇迹，我一辈子都记得。

我突然感觉他的手特别的温暖，那洒满了屋子的红色灯光竟然亮了许多。我突然就有种奇怪的感受，昏迷的父亲，这位给了我血肉生命的人，正在通过他的手，将他所有的能量，他一生的信仰和热爱，他的智慧和知识，源源不断地传输给我，赠予我。那一瞬间，我激动极了，也恐惧极了，激动于我想象中正在奔涌的不可思议的传承；恐惧于也许这一刻便是永别。我流着眼泪唤着他，不知所措，叫得越来越响，慌乱间，我突然看见父亲睁开了眼睛，他不走了，他还要陪着我们一家人活下去呢。我立即叫来了医生，那一刻后父亲便苏醒了，一直还在我身边，只是真的不再有锋芒，不再发脾气了。从此，他成了一个特别和善的人，总是挂着一根拐杖，微笑着看我，像没有原则的土地爷爷一样慈祥。

成为一个像父亲一样的人，一直是我的愿望。我一直觉得自己是个先天并不太完美的孩子，在同龄人里各个方面都不出类拔萃，各种竞技项目无一擅长，甚至最可自负的绘画能力，一旦开始了专业学习，和一群同样有天赋的孩子在一起，便也成为末流的学生。如果不是从父亲身上学了这男子汉的斗志和坚韧，断然是没有可能杀出这条血路的。再加上他也不要求我什么，在我开满了红灯的成绩单上签字时也从不恼怒，只是叮嘱我："要多看书，多思考，一个有用的人，必须是自己成就自己的。"

发　明

我后来的确因为这句话一直在努力，为了自己成就自己。今天我能成为一个这样的创作者，其实也不只是自己的努力折腾，还一定是源于父亲的一些基因，特别是他异想天开的创造力。

我们以前的家有个阴暗的阳台，晾晒衣服都晒不到阳光。上海的天气潮湿，阴干的衣服总有些怪味道，母亲为此时有抱怨，却也无计可施。父亲为了给她个惊喜，趁她出差的时候，在阳台上造出一个机械，又去对面大楼一户相熟的人家打了招呼，在人家窗外打了几个铁钩子，装了动滑轮。一个由自行车脚踏齿轮盘驱动的巨大的空中晾衣机便诞生了。他欢乐地搞着科学实验，把一家人的衣服晾在这 30 多米长的晾衣架上，搞得整个公共街区的头顶上飘满了我妈的胸罩和短裤。我妈回来之后当然是勒令他拆除了这"家丑外扬"的胡闹东西，但自此在小区留下了我爹的神话，至今仍有很多邻居回忆笑谈。

父亲从小学戏，也没读过什么理科方面的书，他所有的创造都是凭借想象力，把原本没什么了不起的东西，做成了各种让人失笑却也的确有些功用的神奇物件。他曾把一个旧闹钟改成了线控的"唤儿起床上学机"，他只要在被子里扯一把床头的拉线，这条线便会穿过长长的厅堂和厨房，牵动我床下藏着的一个旧闹钟，这闹钟便会发出尖厉的鸡叫，同时点亮我的床头灯。于是，每天早上鸡叫不止，灯光直刺我的眼睛，我不得不按时上学，而习惯读书晚睡的他和我妈便可高枕无忧，不必起床了。最近几年他身体渐弱，不再搞机械发明，但有次还是用我不要的一个黑色人造毛的靠垫给我做了一顶假发帽子，还用铁丝弯出了自然的发际线和鬓角，花了好多时间用线细密地缝了，在冬天的时候突然拿出来送我，还充满歉意地说："可惜把秃头遗传给了你，天冷没有头发可不好受呢。"

父亲如今已经83岁，不复有他壮年时期的男子气概，成了一个可爱的小老头，但他不服老，拄着拐杖随我妈四处去旅游。平日里还埋头写书，这几年已经完成了几十万字的戏剧导演学著作，只是一直在不停地修改，说是必须对得起将来读书的人，不可因为自己的老迈而有所疏忽闪失。"我是不会在前言里抱歉地说这书有很多疏漏之处的，那些都是客气话，做学问不能自己给自己台阶下。"他总这样对我说。

前段时间，我发现父亲左手腕上并排戴着两块手表，很好奇，问他为什么，他笑着说："没什么，它们都还在走啊，走得很好，我不忍心在它们之间做选择。"我听了禁不住要去抱抱这个老头子，真心想要好好谢他——

他总是润物细无声地指给我看这些朴素温厚的情感，自己却浑然不知。也因为这个吧，多年来我一直不愿为事业、为自己更好的生活而远走他乡，我只能选择留在上海，留在他们身边。这是我人生里最值得的守护，我永远不后悔。

好像就是这个样子，

如风走平原，在一些不经意的时候，

他便来了，陪在我们身边，听我们聊聊家长里短。

福顺只须修来 /

你不曾远离

◎ 宁 子

一

周日的午后，我在阳台浇花，旁边，小娃把写字桌搬到阳台写作业。

小娃是我侄女，2016 年秋天从山东老家来郑州读中学，和我一起生活。12 岁的小姑娘，灵巧可爱。

给花浇过水，我一边擦拭绿萝的叶子，一边同小娃念叨："养了七八年的花，最后只剩几盆绿萝还不离不弃地陪着我，其他的……"

"呃，其他的都浇多了水淹死了吧？"小娃打断我，"爷爷说了，你姑三天不给花浇水就怕花旱死，看吧，最后非被她浇死不可。"

我回头看她一眼："那他咋不提醒我？"

"他说提醒肯定没用，你跟他一样，不听劝。"小娃拍拍手，一副小大人的神态。

他不听劝吗？我恍惚了一下。是啊，他的确挺犟的。但犟归犟，他也理性啊，不像我，明显是强迫症。

"真的。"小娃说，"我跟你说啊，有一次，我中午放学回家，爷爷正在楼下浇他的那棵蔷薇，隔壁李爷爷在旁边浇菜，跟爷爷说最好把蔷薇旁边那棵什么花给移远点儿，不然会被蔷薇的根给缠死。爷爷一直不吭声，装作没听见。后来李爷爷走了，我听到爷爷一边浇水一边叨咕'就不听你的，就不听你的'，可把我笑坏了。"

小娃学得惟妙惟肖，声调、语速都和他极像。我听着，想象他当时倔强地自说自话的样子，扑哧就乐了。最后小娃补充："结果，那花真死了啊。"

是的，真死了，现在就剩那棵霸道的蔷薇了，长得蓬勃。

好吧，他是不听劝。

二

我的强迫症也体现在其他方面，比如，每天不擦地板便坐立不安。幸好房子不是很大，每天擦一遍，倒也不太费时间。

那日擦地，拖把擦到小娃脚边，不待我说，她便把双脚抬高，笑说："姑姑，你知道不，每次你一拖地，爷爷就小声唠叨你，说你又在浪费水。"

"哈。"我直起身来，"我知道啊，反正他也不敢大声说。"

"对，爷爷怕得罪你，你不给他买好东西了。"小娃嘻嘻笑，"爷爷可鬼了。"

我把下巴支在拖把杆顶端，微微眯起眼睛，想着他每一次试探着跟我要一样东西时的表情，有点儿讨好，有点儿狡黠，又有点儿理所当然……都是让我陶醉的表情啊。那时，每一次我都会得意：终于也有这一天，不是我跟他要东西，而是他跟我要东西了。

三

吃饭的时候提到他最多，偶尔米饭放多了水，我跟小娃会异口同声："爷爷最不爱吃这种米饭了，幸亏他没在。"顶着长胖的压力做一顿红烧肉，也会一起想起来："这个估计爷爷喜欢，他就爱吃肉，还爱吃肥的。"若是不留神，菜里盐放多了，好吧，"爷爷要开批斗会了"。包饺子，小娃每次都会提醒我："包小一点儿，爷爷看到饺子包大了就来气……"

总结下来，他事儿可真多啊，吃饭那么挑，米饭水多了不吃，菜咸了不吃，红烧肉瘦了不吃，饺子大了不吃……可是为啥那么多年，我们从来不批评他，一直都惯着他呢？

"因为他也惯着咱们呗！"12岁的孩子，有时也可一语道破天机。

是啊，那么多年，他一直惯着我们，从来不责备我们，甚至不对着我们大声说话。记得我小时候，哪怕做了错事，他也只是提醒老妈劝劝我，自己只管做好人。在他那里，女儿和孙女，或者说家里的女孩子，定然是用来宠的，这是他和我们相处唯一的方式，从来没有更换过。我对小娃说："我小时候，不管要什么，都跟你爷爷要。"小娃拍手："我也是，要什么爷爷都给，他简直太好了。"

看，原来我们都一样，从小就是那么"势利"的女子啊，因为他无原则的宠爱，所以这么多年，始终把他放在亲情排行榜的第一位，从来没有动摇过。

四

没事逛个街也能扯到他身上，比如"呀，这件上衣爷爷也有，一模一样"，比如"爷爷一穿套头的毛衣就生气，最后都扔了"，比如"这辆电动车好漂亮啊，爷爷看了肯定喜欢"……

于是，两人逛一路，说一路，笑一路。

也不刻意，随口就来了，好像他就等在那里，等着我们遇见，一次又一次。

看电影时，我们也会低声细语："爷爷最喜欢战争片了，但他不爱看国外的，说他们长得不好看。""对，爷爷爱看《亮剑》，还有《闯关东》，总跟奶奶抢遥控器……"

路过烘焙小店就更不用提了。甜食是我和小娃共同的爱好，但和他相比，我们对甜食的热爱简直不算什么。"爷爷连鸡蛋羹、荷包蛋都要吃甜的呢"，三刀蜜、康乐果，还有江米条，是我家一年四季必备零食，要放在他可以随手拿到的地方。记得有一年冬天，我半夜爬起来去洗手间，路过客厅时，听到里面传出咔嚓咔嚓的声音。走过去打开灯，赫然看到他正裹着厚厚的棉睡衣坐在沙发上，在黑暗中津津有味地吃江米条。灯光一亮，我们都被对方吓了一跳！

那天说给小娃听，她在熙熙攘攘的大街上笑得不能自已。

我也笑得半天没直起腰。

笑过了，我们继续我们的事情。但是我知道啊，用不了几天，又会有什么事，让我们把话题转到他身上。

就是那么不由自主，又是那么自然而然。

可是，说过就说过了，不再说别的，比如他患病时的痛苦，比如失去他时我们的心痛……

五

没错，他去世已经四年多了。可是四年以后，每每说起来，我却感觉不到那种失去至亲之人的疼痛，也没有那种刻骨铭心的怀念。好像就是这个样子，如风走平原，在一些不经意的时候，他便来了，陪在我们身边，听我们聊聊家长里短。

　　有时候我们看不到他也不着急，因为知道反正他也没走远，他从来都爱四处逛逛。

　　所以，我们真的没有怀念过他，小娃最爱的爷爷，我最爱的老爸，因为不用怀念啊，他本来就没有离开。

我妈从不喊我回家吃饭

◎ 周玉洁

母亲节前，收到一条微信，是祝福母亲节快乐的，最后一句是"母亲节，你妈喊你回家吃饭"。

我愣了好一会儿，闭上眼睛，琢磨着这句话中的几个关键词：母亲节、妈、回家、吃饭。

神经质的毛病随时会犯，我觉得憋屈、酸楚，脑海里浮现出一些问题、一些画面。

如果在 60 年前，一个妈妈要喊一个小女孩回家吃饭，那小女孩回家得花上多少时间？

在遥远的湘江边的小村里，一个挂着拐棍、端着破碗的老奶奶，牵着一个穿得破破烂烂的小女孩儿，她们从乡间的小路出发，先到一个距离最近的镇子，然后一路要饭，去往长江边……

我在网上搜了一下，显示她们从家乡出发，走到某个镇上后，还要连续步行 3 天 21 小时才能走完 421.8 公里，来到长江边的某个镇子，找到她们的亲人。到那时，小女孩才能回到家里，吃上妈妈做的饭。

我算的当然不准，因为那是在 60 年前，路还不是现在这样的路。在今天，如果她们有车，只需要 6 个多小时，就能经沪昆高速、京港澳高速，轻松地回家吃饭。可是，当时她们身无分文，只有一身旧衣裳、一个讨饭的破碗和一根拐杖。途中，小女孩的奶奶去世了。小女孩花了半年多的时间，才回到家，吃上妈妈做的饭。

在我的想象中，她们可能穿越了河谷平原，望见巍峨的雪山，然后穿越了湘江或涟水的一些支流。她们走呀走，走过一个镇又一个镇，一个村又一个村。我知道，那小女孩总是喜欢念叨一些名词：灯芯糕、法饼、麻枣、酥糖、片糖和姜糖。她在那一路上经过了无数饭铺和糕点摊子，每一次，她都贪婪地望着它们。那些散发出香气的糕点和包子，让她迈不开步子。每一次，她的奶奶都告诉她："等找到你的姆妈，你姆妈会给你买一箩灯芯糕，还有一罐子浇了桂子油的槟榔……吃鱼吃肉，吃大包子……"

于是，我可以解释，60 年后，当年的那个小女孩已经是老奶奶的模样了，她为什么每次路过甜品店、面包房和包子铺都迈不动步子，欣喜地要去买。即便她已经不能再吃甜食了，可是她依然对那些食品有着病态的热爱。

她对吃饭的事情是那么认真，她总是说"雷公都不打吃饭的人"。

每到吃饭的时候，哪怕是桌上有人吵架摔碗，哪怕是有人掀翻了桌子，她都岿然不动，将一碗饭菜三口两口扒完才起身。

每到吃饭的时候，她从不会像街上其他的母亲那样，喊她的孩子回家吃饭。她总是说："连吃饭这样大的事情都不晓得回来，那就只管吃自己的，不用喊她！"

她将几乎全部的劳动所得投入吃这件事上。新上市的杏子、鲜桃，要下市的梨子、葡萄，她都爱；鸡鸭鱼肉，哪怕是鳖、蛇、蝉、蛙，她都来者不拒……她总是提起麻雀很香，说："好多年前，我奶奶在路上捡到一只麻雀，用树叶一层层包了烧给我吃，很好吃啊。我们要不也烧只麻雀吃？"

有一回，她带着我们在稻田边抓蚂蚱，她要喂养她的鸡。她用左手的大拇指和食指压着一只洗衣粉袋子，剩余的三根手指和右手上下翻飞，不一会儿就变戏法似的装了满袋子活蹦乱跳的蚂蚱。那些蚂蚱在袋子里扑腾着，她拿着战利品，笑嘻嘻地问我："要不，我们烧了吃？"

那真是吓到我了。她不惧吃相难看，我一度以为任何一种事物来到她的面前，她可能都会先冒出一句"不晓得它好不好吃"。

我抗拒她，排斥她，不理解她。我认为青蛙是益虫，蜘蛛是益虫，我认为蚂蚱、麻雀的生命和我们的生命是平等的，我们都是生灵，我们要保护大自然。我小学的时候拿着老师讲的话和她对抗，坚决不吃蛙腿，鄙夷那些杀害青蛙的人。我们从未和解。无论我在饭桌上绝食还是咆哮，她都稳如磐石，端着一只大碗，伸长筷子，发出津津有味的咀嚼声。

有一年，我要去旅行，去湘江边。在我出发的前一夜，她忽然同我讲起湘江边的一个村庄，讲起她记忆中的房子，讲起片糖和灯芯糕，讲起她和奶奶一路讨饭，奶奶死在了路上，她经过很多磨难才到了武昌。她找到她的妈妈后，再也没有回过那个曾和奶奶居住了好几年的村庄。那里埋葬着她的童年，那里充满了饥饿，那里的人在过年时才会做最好吃的烘糕。

旅途中，无论是在火车上，还是在汽车上，无论眼前看到的是江河还是高山，是高速公路还是羊肠小道，我都禁不住要想起她——她也从这里走过吗？

无论年节还是假日，我喊她来吃饭，她总是要提一些礼物，廉价的，没有品牌的，形形色色，比如路边摊做出的花样繁多、形色各异的糕点，或是买来的肉包子、豆腐包子、粉条包子……面对这些我既不愿意吃又不舍得扔掉的食品，我欲哭无泪。我无数次劝告她，不要带这些东西来，你血糖高，不宜吃这些东西，而我不喜欢吃买来的面食。可是她仍旧迷恋那些食品，总认为那是送给我的最好的礼物。因为那些童年的饥饿记忆，她一次次被这些形似她童年要饭路上遇见的吃食慰藉，那永无止境的对饥饿的恐惧曾深深地伤害了她。它们都是她曾经梦寐以求的美食。

我以为自己理解她，其实从未真正理解过。

在我和她之间，永远隔着一条鸿沟，那是我曾无数次想象过，却未曾体验过的饥饿感。她从没有让我那么饿过，所以我一直无法与那个靠讨饭活着的小女孩对话，无法想象有人对她说"你妈喊你回家吃饭"时她会想些什么。

　　我妈从不喊我回家吃饭，以前是，现在是，将来还会如此。童年的我错过了吃饭时间，回到家时，她总会扬起鸡毛掸子，厉声吼道："你长嘴做啥？连吃饭都不晓得回来！"

　　她是那么弱小，又是那么强悍。

　　亲爱的妈妈，我在等你喊我回家吃饭，一等，就等了好多年。

我家的新房子被这群能干的男人们建造了出来，

他们既是默默无闻的劳动者，

也是这里有名的造梦师。

福顺只须修来 /

踩泥造屋

◎ 孙君飞

当风、雨水和寒冷开始挤占旧房子的空间时，父亲决定在村庄东边重新盖一座更结实宽敞的房子。

房屋以砖木结构为主，所以在盖房子之前需要购买砖瓦。我们不是有钱人家，最不缺的只有身上的力气，于是父亲决心自己打砖瓦烧窑，用省下的钱挑选更好的木材。

盖房子这么重大的事情，我也要像一个男人那样出大力气。父亲却说："你每天只需要带好弟弟，放好羊，再抽空到野外割回一篮子牛吃的青草就行了。"我大声说不——弟弟已经长大，羊也会自己吃草，我已经是村里最年轻的"割草大师"。父亲笑了，说我可以跟着他们到河湾里踩泥巴。踩泥巴？我一时间愣住了，当想到这是打砖瓦前最重要的一个环节时，头顶上的那团阴云就很快飘走了。

生产队的砖瓦窑建在河湾的土坡上，取土用水都方便，让一脸煤灰的烧窑人到河里泡澡扎猛子也很方便。我喜欢看窑里熊熊燃烧的烈焰，这里的空气带着一种焦香。不过我从来没有在打砖瓦前踩过泥巴，我猜想这应该是一种好玩的游戏，即便是一件体力活，我也完全能够胜任。

父亲选定质地最好的黏土，请人一车接一车地拉到打砖瓦的场地。我看不出这土有什么好，这些黏土跟其他泥土一样黄，长在上面的野草也不见得有多茂盛。等父亲在黏土里加入草根、水稻叶和灶灰，再加进足量的水，我就跟着大人们开始赤脚踩泥巴。

刚开始我把这当成游戏玩，把裤腿卷得高高的，低着头，使出吃奶的力气猛踩，左脚踩罢右脚踩，踩着踩着还蹦跳起来，恨不得一下就把生土踩成烂泥。不但我的脚掌、脚跟有使不完的劲，我的脚趾头也斗志昂扬，踩得泥土"噗噗"响，像在叹气，又像在笑。父亲任我玩，让我猴踢马跳，他在旁边不紧不慢地踩着，用脚趾头在泥巴里探路，像在寻找什么宝贝，随后挑拣出来不适合烧制砖瓦的卵石和杂物。父亲请了几个大人来帮忙踩泥巴——这种力气活永远不嫌人多，村子里路过砖瓦窑的人如果没有其他农活可干，心情也不错，就会脱了鞋进来帮我们。人一多，我踩得更起劲了，一脚踩下去，泥巴竟然从脚趾头缝里高高地溅起来，溅到我的裤子上、脸上和鼻尖上。我想象着自己丑八怪的样子，不由得大笑，好不快活。

"泥猴子啊，你不能这样踩。"长相英俊的表叔劝告我。

我正在兴头上，自然不听，我甚至想把脚下这片泥巴踩成一张可以舒舒服服躺下来做梦的大床垫。然而不到半天时间，我就败下阵来——湿泥巴越来越紧地抓着我的脚踝，一点儿一点儿地吸走我身上的力气，疲劳感也偷偷摸摸袭来，我突然开始讨厌头顶的大太阳和吹向我的风。我身陷泥沼难以自拔，再没有多余的力气说笑，而大人们踩泥巴的动作却像是在从容优雅地跳舞，他们说话也像在唱歌，有的人一边踩一边吸烟，还有的一边踩一边讲笑话。我腿上的肌肉和关节却越来越酸疼，真想躺到还没有踩成的泥巴垫子上睡一会儿啊，但还没有踩完，我只能坚持着从中心踩到边缘，再从泥巴边缘跳出来，到旁边歇息一会儿。

我默默地坐在一旁，观看大人们一脚接一脚毫不懈怠地踩着泥巴，我开始明白，所有的劳动都不是游戏，都很辛苦，既需要年轻人的力气，也需要年长者的经验。男人们仍旧在泥巴里奋力地踩着，用说笑为这种单调的劳动增添乐趣。汗水流过他们赤裸的脊背和胸膛，我意识到，这个世界很坚硬，而他们要在坚硬的地方凿出一个属于自己的家园。他们和我都是生而没有翅膀的人，没有办法远走高飞，只能手拿凿子，一下一下地凿，凿出火花。我离成为一个真正的男人还有很远的距离，但我觉得自己表现得还不错，我心里有梦，也敢在泥巴里踩上几脚，我只是需要明白，世界上不只有柔软的泥巴，还有看不见的石头。

在接下来的日子里，我终于找到踩泥巴的感觉，如同母亲揉面团一般，从早到晚地踩着，不喊累不厌倦，连父亲也感到意外，让母亲杀一只老母鸡犒劳我。我跟大人们一起将泥巴踩得足够熟、足够软，也足够韧，提起一把湿泥巴，它就像抹了油一般从手中滑下去。脚完全适应了泥巴，就可以借力打力，感觉到泥巴的弹性和紧致。泥巴不再黏脚，而是配合我们的脚跳舞。我一边消耗体力，一边体验快乐，而大人们已经无所谓快乐不快乐了，只顾平平常常地干着，平平常常地活着，什么都接受，什么都觉得满意，这是大人们最奇怪的地方。

最后烧出来的，砖红瓦青，颜色鲜艳，没有杂色，结实齐整，轻轻地敲击一下，砖和瓦都能发出动听的声音。父亲和烧窑的师傅都松了一口气。他们换了新的鞋袜衣衫，去准备木材、石头和石灰，开始打地基、立柱子、搭脚手架、垒墙，房屋越建越高，门窗徐徐打开，两面坡也终于铺展开来，直到栩栩如生的吻兽威严地端坐到屋脊上。我家的新房子被这群能干的男人们建造了出来，他们既是默默无闻的劳动者，也是这里有名的造梦师。我快乐地想变成一只鸟，在新房子的上空盘旋几圈，飞累时就踏踏实实地落到屋脊上，心里明白，这座房屋也是被我们的脚踩出来的。

卖鱼记

◎ 谭诗育

　　最初的最初，我在一个小集市生活了 12 年，就住在"门市部"里。门市部的房檐下用油漆写的招牌上的大字已经模糊不清，但逢农历一、四、七日过来赶集的人都知道，这里是"门市部"，这家的花生油是整个集市里最正宗的，这家的大米是最实惠的。一斤花生油一般是 5.5 元，最贵时是 6 元。一个景田矿泉水瓶，装至包装纸上方一厘米处，就是一斤花生油。桌子上摆着五六瓶，周围的邻居或熟客都会直接拿桌上的；遇上挑剔的客人，就会要求从油箱里重新倒，还要过秤。爸爸下海经商遇挫后，我们一家人基本就靠着这小小的门市部过活。

　　上到三年级时，这个小集市开始有些发展壮大的意味了，菜市场便迁了址。"油香也怕巷子深"，来买油的人越来越少了，甚至好几天都没有。

还好到这年的冬天，爸爸养的鱼，终于可以捕捞了。

数量最多的是罗非鱼，但那一年鱼的价格却很低，在收购商的暗箱操作下，一块钱可以买到三斤。爸爸不愿随大流，就在摩托车的后座横上一根大木棒，串起了两个蓝色的大水桶。我不知道一桶鱼有多少斤，我只记得在西风里，傍晚的鱼市让我尝到了绝望。

自从知道鱼价，妈妈基本上就不跟爸爸说话了，一说就吵。这些年的投资全都打了水漂。那个冬天，妈妈一次都没有到过鱼市，哪怕只是不到 5 分钟的路程。

从爸爸的鱼塘到鱼市，骑摩托车大概需要一个小时，在这一个小时的路程里，基本没有任何人家，黄泥路在持续的绵绵冬雨里更加坑洼不平。

我蹲在角落里抱着小半桶鱼，不敢吆喝，甚至不敢抬头，耳朵却竖得尖尖的，期待听到爸爸的摩托车的声音。可是那么多辆车停下，开走，没有一辆是他的。周围的吆喝声、叫卖声、讨价还价声渐渐弱下去，黑幕一点点侵蚀太阳的余光，没有人来问我这桶里还尚存气息的鱼多少钱一斤，更不会有人告诉我爸爸什么时候来。只有一个穿着军绿色大衣的"老托"站在我身边抽着水烟袋，那天我是唯一一个没给他辛苦费的鱼贩。那些钱被我揣在怀里，我紧紧贴着鱼桶，双手抓着鱼桶上沿。5 块钱虽算不上天文数字，但妈妈卖 10 斤油还挣不到 10 块钱，何况，还有期末需要结算的学费。

我不知道我们僵持了多久，我害怕他抢我的钱，也害怕他拿我的鱼。这场沉默的战役，最终我取得了胜利。

爸爸回来了。从鱼塘出来开了半个小时，他的摩托车就没油了。在那段坑坑洼洼的路上，他独自推了差不多两个小时，摩托车上还有两大水桶的鱼。最后，他在街口加油站用几条大泥鳅换了一些汽油。

鱼市没有电灯，附近的瓦房逐渐亮起了闪烁的灯火。整个鱼市基本没有来往的人了，爸爸叫我先收拾收拾回家，说那两大水桶的鱼今晚是卖不出去了，得找个地方安置。然后，他蹲在鱼摊边，从衣兜里掏出一支褶皱的烟和一盒被压得瘪瘪的火柴。不知道是不是因为天太冷，他的手一直在抖，划不着火柴。他把烟在唇上叼了一会儿，又把它取下来放回衣兜里。

我沉默着．翻出菜篮子里的钱，零零散散地数着。

爸爸说："明天不要来了，把钱交给老师，去上课吧。"

我捏紧手中的钱，眼泪在眼眶里打转，还差50多元。一个"好"卡在喉咙里。

爸爸从桶里抓了两条鱼出来，用稻草串好，拎起那小半桶鱼，说："你先把鱼拎回家煮吧，我把其他的送到你爷爷那里放一晚。"

听着爸爸的摩托车的声音渐行渐远，我蹲在那儿，把头埋在膝盖里哭了。

过了好一会儿，有拖沓的脚步声由远而近，一个苍老而嘶哑的声音突然响起："怎么啦，还不回家？"

　　我心里一惊，用手抹了一把眼泪，猛地抬头望着那件军绿色大衣，衣服上的油污像是好多年没洗了，我突然感觉这一段时间的压抑得到了一个新的发泄口，我说："我没有钱，还差 50 多元，我不想去上学，不想听他们吵架，你不要再问我了⋯⋯"

　　他不说话，慢慢掏出一些块票和毛票，数出一部分，放在摊边上，拎起两条鱼，说："鱼我买走了，回家吧，明天要上学的。"

　　他站了起来，我只听到一声长长的叹息，然后便是走路时脚下发出的鞋子拍打地面的声音。他微驼的背影，走得极慢极难，一步一步，像是要把冰凉的大地踩开，我不敢喊他，直到他的身影隐于黑暗中。然后，我拿起鱼摊边上他放下的钱，放到装钱的篮子里，双手抱紧篮子，狂奔回家。

　　跑到我家院子的铁门外，我才想道：没有鱼了，今晚吃什么？我忽然不敢进去了。我坐在门前的几块砖头上，脑袋一下子懵了。

　　不知过了多久，远远地，听到爸爸的摩托车声，我撒腿跑去。我跟他说："鱼卖了，卖给了鱼市的'老托'，他多给了我钱，够交学费了。"

　　爸爸不说话，又翻出那支褶皱的烟和那盒被压得瘪瘪的火柴，划了几次才划着，点了烟。他深深地抽了一口，把我抱上摩托车后座，开回院门口，卸下装在车尾座的一些地瓜和两个大白菜，说："你拿回家，先吃饭，别等我了，爸爸先找个人。"

　　回家，只有锅碗瓢盆的声音，无人声。

这晚，谁也没提起爸爸。

第二天，我回校，交了学费。

不到一个星期，爸爸的鱼全部低价卖给了收购商。

就在没回家的那天晚上，他几乎是求着收购商将鱼买走的。

他那么努力，那样拼搏，可生活终究慢待了他，30岁时的失败，不仅造成了他40岁的落魄，甚至还有以后很长一段时间的仰人鼻息。

只是，他始终是一位好父亲，竭尽全力维持着那份作为父亲的尊严和人前微薄的体面，不曾亏待过儿女一分一毫。

他的所有感情都是隐忍的、内敛的。

可我知道，

他有自己表达浪漫的方式。

福顺只须修来 /

他用一个男人的浪漫，给我面对困境的力量

◎ Cherry Wang

一

香港，秋夜。

黑暗的客厅里，电视机画面发出的彩色流光照着空荡荡的沙发。

父亲不在客厅，就一定在阳台上。我推开通往阳台的玻璃门，果然闻到香烟辛辣的味道。

10月的香港依然空气湿热。头发已经全白的父亲坐在小木桌前，穿着灰色的棉布睡衣套装，手里捏着一只白色电子烟，面前放着打开的啤酒和中秋没人吃的半块月饼——因为经历过饥荒，他对下酒菜的要求近乎为零，什么剩下了就吃什么。

"还挺热啊。"我说。

"还行，有风。"父亲的注意力并没有离开电视，他透过阳台的玻璃门聚精会神地看着，白天晾晒的衣服在他头顶不远处微微飘动。

吃完饭，他开始看戏曲台的京剧，或者中央五台的足球比赛，然后看中央四台的抗战剧……到了深夜，他会打开储存着几百套评书的收音机，听着单田芳口中腥风血雨的江湖慢慢入睡。夜夜如此。

细想，这些都是带着他成长烙印的东西，和他此刻身处的香港一点儿关系都没有。和走到哪儿都能马上适应并交上朋友的母亲相比，父亲有保持自己节奏的习惯，亦有沉浸在自己世界里的力量。

二

父亲性格内向，喜欢一个人在房间里看书，以至于连终身大事都耽搁了。他40岁才结婚，42岁时才有了我。这让我觉得很遗憾，因为我最初记忆中的父亲，也是起码45岁的中年人了。他的少年时代、青年时代，我都无缘了解、参与，只能从他的寥寥数语中去拼凑这个影响我一生、让我不断仰望的人。

我的记忆里，父亲永远在出差，永远步履匆匆、风尘仆仆。他不算是有情趣的人，更不算是会享受生活的人，可我一次又一次地发现，他的热爱、他的兴趣、他的赤子之心，是在用另一种方式存在和表达。

父亲1943年生于天津，前半生物质生活极度匮乏，但我很少听到他抱怨和回忆过去。

三年困难时期，他正读大学。可每每提起，他说的都是在足球场上驰骋的快意。那时候大学生去踢一场球会补助两个馒头。为了馒头，他和一班好朋友拼命踢球，因为赢得越多，补助就越多。他们最后奇迹般地拿到了全省联赛的亚军，父亲还被评为国家二级运动员。

他还提起大学时逃课去茶馆听戏、听评书，潇洒的做派让他得到个雅号——王大少。我一直以为他那些年没有吃什么苦，直到有一次家里蒸红薯，爸爸皱皱眉说："吃不下了，那些年吃了太多，现在看见红薯就反胃。"

当年，父亲的梦想是为祖国设计、制造战斗机。他的学习成绩一直都很好，按当时的成绩，考上他心仪的北京航空航天大学易如反掌。可是，却两次落榜。他不肯认输，准备再次复读，这时有好心人点出了问题所在——是他的出身有问题，而不是成绩。父亲心灰意冷，去了河北师范大学。

他很少提起这些，偶尔多喝了几杯才会说起。可当我尝试更多了解命运对他造成的伤害时，他却又开心地说："上大学的时候，踢球有馒头吃……课可以不上，茶馆里的戏不能不听……"

他的坚韧和乐观，深深地影响了我。

升初中时，我意外考进了"超常班"——读完五年中学后直接升入大学，基本等于一只脚踏进了清华、北大，也等于和一班理科"学霸"做了同学。家人对我的期望很高，可入学之后我才发现，我根本跟不上进度。小学时常考年级第一的我，在这个班成了落后生，数学、物理考三四十分是家常便饭，连对自己喜欢的英语都没了自信。成绩越差，我就越紧张；越紧张，我就越难以集中精力学习。最后情绪跌落到谷底，我甚至出现了心理问题，有了自残的行为。

在那段最痛苦的时光里，父亲的坚韧性格影响了我。我想，在他年轻时，因为家庭出身受到不公正待遇而精神出现问题的人不在少数，而我遇到的困难，比起他遇到过的，简直不值一提。那时支撑我的是对文学的热爱，我熟读《红楼梦》和所有金庸、古龙的作品，还偷偷写武侠小说。而事实也证明我并不是一无是处，我的作文常被老师当成范文在课堂上朗读。在一个理科班级里，文学带给我的这种微不足道的肯定，让我挺了过来。

然而，命运和父亲开的玩笑并没有停止。大学还没毕业，"文革"初现苗头，他辍学回了天津，被分配去工地筛沙子，后来做了一名普通的工人。

他还是不放弃。

在工厂，他努力学技术，从普通工人做到组长，又升任车间主任，还评上了工程师职称。他在"全面质量管理小组"的活动中，带领小组拿了全国一等奖，成了厂里负责质量管理的主管。

改革开放的大潮袭来，他赶上企业管理这个新学科的兴起，毅然离开国有工厂，成了第一批接触"ISO 国际质量体系认证"的人，成为中国的第一代审核员，这一干就是 30 年。

我来到香港后也有过一段迷茫的日子。那时我取得香港大学的硕士学位不久，好不容易找到了一份工作，却因为无穷无尽的加班和老板的无理取闹而疲于奔命。直到有一天，老板因为歧视内地人而要削减我的福利和工资，我爆发了，毅然决定辞职再找工作。当时金融海啸已经开始，我身边的人都劝我再忍忍，不要在这个时候离开。

但父亲的经历让我坚信，就算才华被埋没，就算环境不能给你公平的待遇，只要是金子，总会发光的。

果然，我很快找到了新工作。因为金融海啸，新公司在我入职两个月之后关掉了在内地的工厂，裁减了 2/3 的香港人员，我却留了下来。现在，我在这家公司已经工作了 8 年。

三

如今，经历了成长的我，似乎能理解沉默的父亲了。

他的确不是母亲期望的那种浪漫的人。他不会说情话，不会哄人，他的所有感情都是隐忍的、内敛的。可我知道，他有自己表达浪漫的方式。

退休后来香港定居的他，离开了繁重的工作和纷扰的人际关系，似乎又找回了年轻时的激情。他每天看足球赛、看京剧、看抗战题材的电视剧、听评书……沉浸在自己年少时的辉煌和期望当中。我知道，那个时候他就是球场上为馒头拼命的少年，就是翻墙溜出学校听戏的大学生，就是与自己崇拜的革命将领一起研究战略战术的军人，就是评书里叱咤风云的侠客！

　　表面木讷的父亲，其实内心比谁都丰富。而我，同样能体会这种精神力量的魔力——虽然我现在已经有稳定的工作，可空闲时，我仍旧会坐在电脑前写自己喜欢的故事，创作属于自己的小说。我想，永远保持对生活的热爱，永远保持爱做梦的少年情怀，永远留着那颗不服输的赤子之心，这才是父亲给我的最珍贵的东西。

　　晚风轻拂，父亲仍旧沉浸在电视剧的情节中。我拿了一罐啤酒，回到阳台上和父亲对坐。我打算和他聊聊，这部电视剧里的那位革命将领，到底打了什么惊天动地的战役——我想更了解我的父亲……

坚持了 40 年的团圆家宴

◎ 肖　遥

在普通人平凡的日子里，总是需要这么一场盛宴来为自己摇旗呐喊、振作精神，哪怕只是表面上的鲜花着锦，一瞬间的烈火烹油。

我们家族每年正月初二都要举办团圆家宴，算算已经有 40 年历史了。从最开始的我爸他们兄弟姊妹六个人，发展到后来的大人一桌、小孩一桌，到现在老老少少 40 多人四世同堂。

今年的家宴聚会轮到小叔家承办。小叔的大女儿格格实力抢镜——长大衣、高筒靴，气场强大，十足的衣锦还乡的派头。这些年格格去了南方的一座城市发展，买了别墅，一家四口开车一路逛回来。格格回乡的目标很明确：房价涨了，他们回来购置一套投资房产。婶子专门强调，女儿在家乡买的这套房产，名字在婶子名下，可见格格"御夫有术"。

　　与格格的光鲜、高调相反，这些年表姐遭遇了婚变，在生活的风雨里飘摇挣扎，当格格陪表姐坐在角落里聊起过往，有谁比落魄的表姐更能反衬出光鲜的格格如今的春风得意？幸不幸福是甘苦自知，但成功与否却是比出来的，岁月不仅是杀猪刀，还是魔法师，弹指一挥间，就完成了个人命运的乾坤大挪移。

　　家宴上永远会有一个格格不入的人，比如我妈。我妈退休后住在郊外，每天种菜、养花、画画，在她单纯宁静的生活当中，很少能见到这么大一群人——彼此寒暄、问候、打听、质疑……应对这些情绪远远超过了她的社交承受度，就像突然塞给一个经常吃素的人一堆重口味大餐，给一个经常听轻音乐的人放重金属音乐，或者给一个天天看水墨画的人看梵高的《向日葵》……长期疏于社交的她已经不能够对复杂的外界信息迅速做出准确回应了，于是她总像是头上长了两个触角，敏感得不得了，而这两个触角又会随时变成犄角，一言不合就竖起来准备战斗。

　　我姑随口问了句："睿睿咋又没来？"我妈就气得恨不得离她三丈远。我姐睿睿近几年总是缺席家宴。睿睿在一个研究所搞科研，虽然获过很多奖，但这个学究对人情世故一窍不通。每年都有亲戚找她给孩子办入学、找工作……办吧，她为难得焦头烂额；不办吧，又得罪亲戚。于是即便她人在本地，也会找借口不参加家宴。今年过年还不等我爸妈劝说，睿睿便出国了。对父母这辈人来说，走亲戚聚会，一家人齐齐整整最重要。她不来，我妈本来就窝火，小姑一问，我妈不由得恼羞成怒，迁怒于小姑，认为她哪壶不开提哪壶！

其实，一年不见的亲戚们不过是在没话找话，但在我妈细腻、敏感的思维方式里，会把这种应酬式的寒暄客套当真。

今年，小姑家的表妹兰兰也没来，与格格同岁的兰兰说她最见不得格格发压岁钱时连红包都不装，就像天女散花一样散钱，简直就是炫富、嘚瑟！于是，听说格格回来了，兰兰故意不出席以示抗议。

家宴上永远缺席的人还有二姑的儿子大强，大强从小就被睿睿这个"别人家的孩子"碾压。多年来，学霸睿睿在家宴上没少被长辈们夸赞，夸就夸吧，大家还要顺便敲打一下学渣大强，"看看睿睿！再看看你！"于是，大强表哥在成年后就再也不来参加家宴了。

家宴是最世俗的人间烟火，它才不会管你的心理是否成长了，灵魂是否升华了，在这个世俗成绩的颁奖台上，奖项只会颁发给那些有着事业成功、家庭幸福"人设"的人。

年后，表姐跟我打电话吐槽："没想到我40多岁的人了，居然还能在家宴上遭遇催婚——催离婚！"表姐和现任老公分居，今年又是一个人出席家宴，于是就被小姑拉着絮叨："你要么就赶紧离婚，别这么拖着，过几年年龄大了，更麻烦……娃她爸那头啥情况？听说也没找到下家，那你得抓紧时间，把自己打扮打扮，收拾漂亮些，对他好一点儿，能复合就复合……"表姐气得直嘟囔："分居也是一种生活方式好吧，我觉得现在挺好的呀！我又不是处理商品，也没皇位赶着去继承，不知道他们都着急个啥？"

家宴会让繁华看上去花团锦簇，也会放大那些不完美。

大约十几年前，有一年轮到二姑承办家宴，二姑为了节省开支，只邀请了平辈们参加。表姐不清楚状况，携老公、儿子去了，因为坐不下，她四岁的儿子站在那里唱了首《新年好》，一家三口就被迫撤离。又一年，轮到大姑家承办家宴，那年表哥出了车祸，大姑无力操持，便草草地在学校食堂办的家宴，偌大地方，没有暖气，人到齐了都显得冷清。还有一年，轮到小叔承办家宴，小叔从家里带了装满自酿的稠酒的暖瓶，进酒店的旋转门时，后面的表弟没注意，将门一推，旋转门把一个暖瓶夹碎了，一声巨响，热乎乎的稠酒洒了一地……表弟挨了一顿暴打。

每到这种时候，我不免会觉得家宴这个事物好多余，简直就是老一辈的虚荣心的产物。每年几个小时的短暂相聚，大家谁也没时间品味感情、滋养亲情，相反，随着家族人口越来越多，真情被攀比遮蔽，细腻被粗鄙排挤。

毛姆说过"每一把剃刀都自有其哲学"，村上春树说"任何一种微不足道的事物，如果一直坚持，也会生发出意义"，就像普通的核桃盘久了也会包浆，我们家族的家宴，年年这么办着，不知不觉已经几十年了，也就沉淀了无数悲喜。

这么多年间，光我们这一代就起起伏伏发生了很多故事和事故，我们目睹了大表姐离婚，二表哥出事故，像鹿晗般清秀的表弟也发福了，表弟表妹们结婚、生二胎、撑门立户，看到哥姐的遭遇而小心谨慎地呵护婚姻……今年，大姑的孙女抱来了她的孩子，这个家族突然因为这个重孙子，繁衍成了四世同堂。人们看那个孩子的眼神，就像看到了雪化以后的整个春天。

当我学会站在父母辈的立场上看待家宴的时候，不由得理解了我爸和他的兄弟姊妹们的虚荣，或说是坚持。这何尝不是他们对碾压他们的艰辛平庸的生活的一次次奋力反击？在普通人平凡的日子里，总是需要这么一场盛宴来为自己摇旗呐喊、振奋精神，哪怕只是表面上的鲜花着锦，一瞬间的烈火烹油。看到儿女辈们的繁荣和坎坷、骄傲和挣扎、精彩和磨难，老人们仿佛又重新经历了一遍自己的人生。更重要的是，在一年一度、周而复始的家宴上，参与者都能目睹时光流淌过的痕迹，每个人都见证了生生不息的血缘奇迹。